講談社文庫

隠密　味見方同心(一)

くじらの姿焼き騒動

風野真知雄

講談社

目次

月浦《つきうら》家の人々

月浦波之進《なみのしん》　容姿端麗で頭も切れ、将来が期待される臨時回り同心。

お静《しず》　波之進の妻。乾物問屋の娘。素朴な家庭料理が得意。

月浦魚之進《うおのしん》　頼りないが、気の優しい性格。夜釣りに凝っている。

月浦壮右衛門《そうえもん》　波之進と魚之進の父。月浦家は代々、八丁堀の同心を勤める。妻とは死別。

隠密　味見方同心㈠

くじらの姿焼き騒動

第一話　禿《は》げそば

一

――いい正月だった。

町方同心・月浦波之進《つきうらなみのしん》は、晴々した気持ちでそう思った。

うまいこと非番に当たり、三が日は家で、池の中の島に上がった亀みたいになって、のんびりくつろぐことができた。

奉行所に出仕《しゅつし》して七年。こんなことは初めてだった。

混じりっけなしの家族水入らず。

月浦家の家族は――。

母が亡くなって、父の壮右衛門《そうえもん》。

波之進と、妻のお静《しず》。

二つ年下の魚之進《うおのしん》。

これでぜんぶの四人家族である。手伝いの者も置いていない。

その四人で、将棋を差したり、五目並べをしたり、『東海道中膝栗毛《とうかいどうちゅうひざくりげ》』を回し読みしたりして過ごした。

外に出たのは、波之進が上司に年賀の挨拶に行ったのと、大川端《おおかわばた》に出て、四人で凧揚《たこあ》げをしたときだけ。誰がいちばん高くまで凧を揚げられるかを競ったら、なんとお静がいちばんだった。それも、大人と子どもの背比べほどに差をつけて。

「やったことがあるのか？」

と、お静に訊《き》くと、子どものころ、男の子に混じってしょっちゅうしていたらしい。

「たいしたもんだ、町家の娘のほうが上手だ」

という父の言葉は、まるで剣術を褒《ほ》めるような調子だった。

また、お静のつくったおせちがうまかったのである。

あれがあったら、よそに食べに行きたいなどとは思わない。

豪華な四段重ね。三年前まで食べた母のおせちと比べて、お静のおせちは実家である日本橋の商家のにぎわいが感じられた。気前よく、いろんなものがぎちぎちに詰められ、彩《いろど》りが派手なのだ。

紅白のかまぼこは、お静の実家が届けてくれたらしい。さすがにうまい店を知っているから、ぷりぷりした歯触りが、食べて面白いくらいである。

その横に、漆塗りみたいに輝く黒豆の山。豆の一つずつが大きくて、いかにも福々しい。

黄色いのは伊達巻《だてま》き。これがお静の手づくりというので、皆、驚いた。甘すぎず、しかも舌触りは滑らかだった。

昆布巻きの味の濃さも格別で、「これを餅のあいだに挟んで食べたら止まらない」とは、弟の魚之進のはしゃぎようだった。

牛蒡《ごぼう》、人参《にんじん》、蓮根《れんこん》などの野菜も、それぞれぴったりの味付けで、一つずつ別の味がしていた。

だが、なんと言っても、圧巻だったのは、元日だけ別に一重ね用意されていたお造りの盛り合わせだった。

大晦日《おおみそか》に上がったという魚を刺身にしたのが、八種類。

鯛《たい》、ひらめ、まぐろ、ぶり、めばる、海老《えび》、たこ、いか。

これをわさび醬油《じょうゆ》で食ったら、その活《い》きのいいこと、うまいこと。

お静がおせちをつくるようになってこれで三度目の正月だが、去年まではこんなものはなかった。

「武家だから、なんとなく正月に生臭ものは叱られるかなと思いまして」

お静がそう言ったら、

「そんなことはない」

「これを食べさせられて怒る馬鹿は家にはいない」

「まるで大名になった気がする」

と、絶賛の嵐。

「毎年、末長くお願いします」

ということになった。

酒の燗《かん》もこたつのわきの火鉢。

腹が空《す》いたら、その火鉢で餅を焼き、おせちといっしょに食べた。

「これは大変だ。三が日で一貫目（約三・八キログラム）くらい肥《ふと》った気がする」

と、波之進は腹のまわりを撫《な》でた。

明らかに肉がついている。

「兄貴。その顔の丸みは一貫目じゃきかないぜ」

魚之進が面白そうに言った。

「お前はいいよな。もともと肥っていると、一貫や二貫増えても、目立たないから」

「冗談じゃない。これで二貫増えたら、瞼《まぶた》が開かなくなっちまう」

魚之進の言葉は真に迫っていて、お静が俯《うつむ》き、

「ぷうっ」

と、噴いた。

これでまた大笑い。

楽しくてたまらなかったから、三が日は、

「あっ」

という間に過ぎた。

二

正月四日の朝である。

波之進は、皺《しわ》もきれいに取れている黒羽織に、糊《のり》のきいた着物、そして下ろしたての足袋《たび》をはいて、玄関に降り立った。

「また大変な日が始まりますね」

と、お静が言った。

「ああ。お静にもいろいろ迷惑をかける」

「とんでもない」

「こんないい正月が過ごせたのも、すべてお静のおかげだ」

「まあ」

お静の頬《ほお》にさっと紅が差した。

「では行って来る」

出ようとする波之進の背中に、お静が火打ち石でかちかちと切り火を切って、

「行ってらっしゃいませ」

そう言う声がほんのりと、薄桃色のように甘い。

月浦家の役宅は、もちろん八丁堀にある。

同心の役宅の坪数は、皆同じで百坪。

敷地に家を建てて貸している同心も少なくないが、月浦家ではそれをしていない。亡くなった母が庭仕事が好きで、樹木も多く、五坪分は畑にして、いろいろな野菜をつくっていた。

いまもお静がネギや大根をつくっているらしい。

曲がり角の手前で軽く振り返ると、お静がまだ見送ってくれていた。

波之進はついにんまりしてしまう。

「早く子を……」

という声は、むしろお静の実家のほうから聞こえてくる。

お静の実家は〈大粒屋〉と言って、日本橋通二丁目で大きな乾物の問屋をしている。商家が武家に嫁を出した手前、

「早く跡継ぎをつくらないと」

と焦るのだろう。

だが、波之進は、

「それは授かりもの」

と、暢気《のんき》なものである。むしろ、お静とゆっくり過ごせるときが、あと数年つづいてくれたって構わない。

いまのところ、月浦家で唯一の心配ごとと言えば、弟・魚之進の養子先くらいではないか。

二つ下なので、この正月で二十八（数え歳）になった。これはやはり、養子に行くには歳《とし》を取り過ぎた。

父の壮右衛門も、ずっと探しているのである。

もちろん八丁堀の同心の家は、洩《も》れなく当たっている。

「どうも、そなたと比べられるので、魚之進は損をしている」

と、父は愚痴《ぐち》った。

南町奉行所きっての腕利き。波之進はそう言われる。いま、臨時回り同心をしているが、早々と定町《じょうまち》回りに抜擢《ばってき》されるだろうという噂《うわさ》である。

子どものころから、俊英ぶりは評判だった。うちのを嫁にという頼みは、引きも切らなかった。

剣も頭も冴《さ》え、大らかな性格であるのに加え、波之進は美男だった。

特徴のあるのは目。

切れ長で、すっきりした目は、強い光を発した。

八丁堀の娘たちは、ひそかに〈波の目〉と呼んだ。

話していると、目の光が波のような強弱を孕《はら》んで押し寄せて来る気がするのだという。

「あの波の目で溺《おぼ》れたい」

そんな囁《ささや》きすら聞かれた。

波之進はもて過ぎた。ために、八丁堀の中で嫁を選ぶのが逆に難しかった。妙な恨みや嫉妬を買ってしまう恐れがあったのである。

そこへたまたま仕事で町名主の外池寅吉《そといけとらきち》と知り合い、

「通二丁目の乾物問屋にいい娘がいるのでどうです？」

と勧められた。なんとその数日前、押し込み騒ぎがあった商家の隣の娘で、波之進の活躍を目の当たりにしていたから、嫌がるはずがない。半月後には祝言《しゅうげん》となった。

この偶然がなかったら、波之進はもて過ぎたため、逆に嫁の来てがないという皮肉な事態がつづいていたかもしれない。

そんな波之進と比べられる弟は可哀《かわい》そうである。

剣は、決して遣《つか》えないわけではない。

ただ、八丁堀でも一、二を争う波之進と比べられたら、それは格段に劣る。

頭も鈍いわけではない。

書物もよく読んでいるし、さまざまなものに興味がある。

だが、波之進は学問所を首席で終えた。魚之進はやっと出た。

性格も、快活でものおじしない波之進と違って、無愛想で人見知りがひどい。

しかし、どこが違うと言って、いちばんの違いは容貌だろう。

お世辞にも美男とは言えない。

「兄が〈波の目〉なら、弟は〈魚の目〉だろう」

と言われるような目元である。

あまり光を帯びておらず、しかも眉が下がっているので、なんとなく情けない感じがしてしまう。

ひどい娘は、

「弟のほうの嫁になったら、盆とか正月に波之進さまと顔を合わせるのよ。ぜったい、みじめな気持ちになるわよね」

などと言っているという。

この話を聞いた波之進は、

「その娘がおれの前で同じことを言ったら、ケツひん剝《む》いて引っぱたいてやる」

と、激怒した。

「魚之進のよさがわからないなんて、世の中でなにが大事かわからない馬鹿だと白状しているようなものじゃないか」

波之進は、幼いころから、弟が可愛《かわい》くて仕方なかったのである。

「なあに、そのうちきっと、魚之進のよさがわかる女が現われますよ」

心配する父を、波之進はいつもそう言って慰めてきた。

三

数寄屋橋《すきやばし》御門前――。

まだ大きな門松が飾ってある南町奉行所に着くと、中は与力同心たちがたいそうな騒ぎだった。

新年の挨拶のせいではない。それはもう元日から二日までに、家を訪ねたりして済ましてある。

なんと、三年ぶりに、与力同心の大幅な配置替えがあり、それが大広間の前に貼り出されてあったのである。

「やった、念願の外回りだ」

「よし、花の吟味方だ」

などと喜ぶ声があれば、

「なんでおれが養生所回りなんだよ」

「人足寄場《にんそくよせば》行きって、おいら、なんか、しくじりをしたか？」

と、落胆する声も。

奉行所では、与力が同心に格下げになったり、同心が与力に出世したりという極端な異動はないのだが、それでもこれは重大事で、まさに悲喜こもごもであった。

少し離れた柱にもたれ、がっくり肩を落としている男がいた。

波之進の同僚である浜井《はまい》章兵衛《しようべえ》だった。

「どうした、浜井？」

「おれはもう終わりだ」

「馬鹿言え、どこに行っても一生懸命やるだけだ」

「白洲《しらす》から牢屋《ろうや》敷《しき》見回りに移ったのだぞ」

「牢屋敷のなにが？」

「山野《やまの》族《ぞく》五郎《ごろう》がいるじゃないか」

「あっ、山賊がいっしょか」

あまりにも粗暴な性格と見た目の悪さで、山賊と恐れられているのだ。

もともと浜井と山野は家が隣同士で歳も同じなのに、山野とは折り合いが悪かった。子どものころから、浜井は山賊に苛《いじ》められ、そのつど波之進に助けを乞うてきた。

ただ、山賊は確かに粗暴でがさつだが、そう悪意があるわけではないのだ。浜井のほうが怯《おび》え過ぎと思われるところも多いのである。

「ま、腐れ縁と思って諦めろ」

波之進は肩を叩《たた》いて慰めた。

「ところで、おれは……」

月浦波之進の名前のところを見ると、

「特命」

と、ある。

「特命ってなんですか？」

近くにいた与力の一人に訊くと、

「あ、それは安西佐々右衛門《あんざいさざえもん》のところに行け」

と、言われた。

安西佐々右衛門は市中見回り方の与力で、これまでも直属の上司だった。

「安西さま……」

と、与力の部屋を訪ねると、茄子《なす》のように下ぶくれした長い顔が、

「おう、月浦。そなたには特命が下ったぞ。お奉行の名指しでな」

「はあ」

奉行は筒井和泉守《つついいずみのかみ》である。

巷《ちまた》の評判もよく、根岸肥前守《ねぎしひぜんのかみ》以来の名奉行と言われている。特別誰かに目をかけて、贔屓《ひいき》にするようなこともしない。

「なにせそなたは評判がいいからな」

「いえ、そんなことは……。で、特命とは?」

「うむ。今度新しく、味見方《あじみかた》というのをつくることにした。市中見回りの一つだ」

「味見方?」

初めて聞く名前である。

波之進は、最初に出仕して三年ほどは、例繰り方《れいくかた》にいたので、奉行所の仕事についてはかなり詳しい。

「つまり、江戸の食いもの屋の動向を探れというのだ」

「動向を探るとおっしゃいますと?」

「町人たちはいま、しきりにうまいものを探して食い歩いている。食い道楽が一大流行になっている。それはわかるな?」

「はい」

まさに江戸中総食通というような状況である。

「だが、なかには身体の毒になるようなものがあったり、逆に贅沢《ぜいたく》が過ぎるものもあるかもしれぬ。あるいは抜け荷とからむ品もあるかもしれぬ。そうした悪事を隠《おん》密《みつ》のうちに調べ、摘発していくというのが任務なのさ」

「なるほど」

と、波之進は膝を打った。

確かに言われてみれば、それは町人たちの暮らしに密着している。いままでなかったのが不思議なくらいである。

「思わず膝を打ちたくなるだろう？」

「はい。安西さまの発案ですか？」

「いや、違う」

茄子のかたちの顔が、横に揺れた。

「お奉行？」

「お奉行でもない。どうももっと上のほうかららしい」

「もっと上？」

奉行の上と言ったら、老中とか若年寄とかではないか。そんなところまで自分の名が知られているわけがない。

「ま、誰の発案かは、そのうちわかるだろう」

安西は暢気なことを言った。

「それで、ほかには誰が？」

と、波之進は訊いた。

「おらぬ。そなた一人だけだ」

「一人？」

「直属の与力もおらぬ。まあ、いちおう市中見回りの下部に置いてわしが報告も聞くが、むしろお奉行と直接話をすることもあるだろう」

「はあ」

面倒な捕物になるときなどは、やはり助けがないと困る。

「それと、これは北町奉行所にはつくらず南だけだそうだ」

「そうなので？」

「したがって月番はない」

「そうなりますね」

北と南は月ごとに町人の訴えを受け付ける。ただ、月番でないときは休んでいるわけではない。あくまでも訴えの受理ということだけである。

「まったく非番の日がないわけではあるまいが、いままでよりは忙しいと思う」

「それはかまいません。が、隠密のうちに調べるとなると、銭を払って食べなければなりませんね？」

「もちろんだ」

「贅沢を探ろうとしたら、自分も贅沢しなければならなかったりしますよ」

「そりゃあそうだ」

「いやあ、そんな金は……」

同心の給金くらいでは、一流の料亭に一度行っただけで、家計は干上がってしまう。

「安心せよ。掛かりはすべて奉行所が持つ」

「え？」

「凄《すご》いだろう」

「そんな嬉《うれ》しい仕事があるのですか？」

「いやあ、わしも羨《うらや》ましい」

そう言えば、安西はしばしば「人柄は悪くないんだが、口が卑《いや》しいよな」と陰口を利かれていた。

四

月浦波之進は、さっそく町に繰り出すことにした。

味見方の同心としての目で、正月四日の町をざっと一回りしてみるつもりである。

着流しではなく、袴《はかま》をつけた。十手は見えないよう、羽織の下に隠した。隠密同心として動くようなつもりでいたほうがよさそうである。

ふつう同心たちが連れ歩く中間《ちゅうげん》なども、捕縛《ほばく》に動くとき以外は使わず、一人で動くことにした。ただ、気の利いた岡《おか》っ引《び》きがいたら使いたいが、それはおいおい探せばいいだろう。

奉行所前の数寄屋橋を渡り、尾張町の角を左に曲がって、日本橋のほうへ向かう。新両替町の四丁目から一丁目までである。蠣殻町《かきがらちょう》にある銀座が、かつてはこの通り沿いにあったので、いまもここを銀座一丁目だの銀座三丁目だのと呼ぶ者もいる。

ざっと見渡しただけでも、さまざまな食いもの屋が並んでいる。

こうした食いもの屋の商売のどこに悪事が潜むのか。また、そうした悪事をあらかじめ防ぐためには、なにをしたらいいのか。

考えながら歩くことにする。

四丁目は、食いものでは菓子屋と煎餅屋《せんべいや》が目立った。

それと、そば屋。

江戸の町にはそば屋が多い。京・大坂はうどん屋が多いらしいが、江戸は断然そば屋が多い。一つの町にかならず一軒はある。

しかも、昼の営業が終わると、今度は町々に夜鳴きそば屋が現われる。江戸っ子は、一日中どこでもそばが食える。

三丁目では、寿司屋があった。

ここの寿司は、酢飯と種を箱に入れて、一晩置いてつくる箱寿司である。だが、この数年、江戸で流行《はや》っているのは、その場で酢飯を握って種を載せる握り寿司である。これを食べさせる屋台の店や、届け物にする店があちこちにできている。

この寿司屋のほかには、一膳飯屋も多い。

ここで出す飯は、昔は茶飯（混ぜごはん・味付きのごはん）が多かった。だが、いまは白い飯のほうが人気がある。

二丁目まで来るとうなぎ屋があった。ここもたいそうな人気である。

また、往来にいい匂いをまき散らしているのだ。これは空《す》きっ腹《ぱら》を抱えた貧しい者にとっては、悪事の誘いになるのではと心配になってしまう。

もちろん波之進もうなぎは大好きである。もしかしたらいちばん好きな食いものかもしれない。

だが、値が張るので、自前ではなかなか入れない。去年はお静の実家でごちそうになったくらいではないか。

京橋のたもとまで来ると、河岸《かし》のあたりに屋台がたくさん並んでいる。

天ぷらの店が人気がある。天ぷらも寿司と同様に、ほとんどが屋台の店である。江戸は屋台の店が多い。

屋台の店で起きる悪事にはどんなものがあるのか。しょせんは庶民が食べる安いものである。たいした悪党はからみそうもない。

ただ、寿司や天ぷらでも料亭などで出したりすると、そっちは材料や見た目もずっと上等である。

そうなると、悪事もからみやすくなるのか。

京橋の周辺では、どじょう屋も繁盛している。

ほかに汁粉屋は女子どもで賑《にぎ》わっている。

ここらにはないが、変わったところでは四足の肉を食わせる、ももんじ屋も人気があると聞いている。〈山くじら〉などという看板が出ていたりして、数は少ないが、贔屓にする者は多い。

——さて、昼飯はどこで食おう。

京橋の上に立ち、波之進は考えた。

いつもはなにも考えず、行き当たりばったり、そば屋か一膳飯屋に入った。

これからはそうはいかないだろう。

だが、昼飯も調べを兼ねるため、自腹を切らずに済むのだ。これはじつにありがたい。浮いた銭を貯《た》めて、お静になにか買ってやりたいものである。お静の実家が裕福で助かっているが、やはり夫のほうから買ってやるのは気持ちがいい。

京橋を渡って右手を見ると、

〈雷うどん〉

という看板が見えた。

前から気になっていたうどん屋だが、けっこう高い値段がついていて、まだ入ったことはない。

もしも、本当に雷に撃たれたようになるうどんだったりしたら、悪事の域に入る。ここは一つ、調べてみてもいいだろう。

のれんをくぐると小さな土間になっていて、すぐ上の座敷に上がるようになっている。

座敷は十畳ほど。座布団が十四、五枚置いてあり、客は適当なところに座る。そこそこ混んでいて、すでに十人ほどいた。

品書きはとくにない。

だが、酒も飲ませるらしく、二人連れの客が向かい合って昼間から一杯やっていた。

「うどんでいいですか？」

店主が訊いた。

「ああ、頼む」

昼間から一杯とはいかない。

客の話に耳を傾けると、

「ここのうどんは腹持ちがいいんだよ」

「滋養もありそうだしな」

「おやじがつくったのかな」

「いや、唐土《もろこし》のほうの料理を真似《まね》たらしいぜ」

などと言っている。

少しすると、店主がお膳にどんぶりを載せて運んで来た。

「おお、うまそうだ」

「とんがらしをたっぷりかけて食うと、身体があったまりますぜ」

「そうしよう。ところで、なんで雷なんだい？」

「最初に油でネギとゴボウと大根とシイタケを炒《い》って、そこに豆腐を足すんですが、そのとき豆腐の水気でバチバチッと音を立てるんです。それを大げさに雷と称したわけです」

「なるほどな」

言われたとおり、七味唐辛子を匙《さじ》でたっぷりかけ、まずはうどんからふうふう言いながらすする。

「うん、うまい」

けんちんうどんをもっと油っぽくした感じである。豆腐の量が多く、野菜も油で炒《いた》めてからすぐに仕上げるので、けんちんみたいにくたっとしていない。

店主を見ると、にこにこしている。

「どうです。うまいでしょ。ちゃんと手間も工夫も加えてますので」

と、顔がそう言っている。

どこにも悪の気配はない。うまいものを食べさせ、おあしをいただくという単純な暮らし。食いものにまつわる悪は、どこから生まれるのだろう。

たちまち食べ終え、汁まですべてすすった。

胸のあたりをすぐに汗が流れはじめ、腹全体がほかほかしてきた。

この先、こんなうまいものを仕事で食べていくのかと思うと、月浦波之進は、なんだか同僚たちに申し訳ない気がした。

五

食べ終えて外に出たとき、京橋の向こうっ方、大根河岸《だいこんがし》のあたりで騒ぎが起きているのに気づいた。

たちまち野次馬《やじうま》の輪ができつつある。

——喧嘩《けんか》でもしてるのか。

と思ったが、どうもそんな感じではない。

「町方を呼べ！　医者もだ！」

という声がしたので、波之進はすぐに駆け出した。

うなぎ屋の前である。

小僧が駆けて行くのを店主らしき男が見ているところだった。

「どうした？　町方だ」

と、波之進は羽織の下に隠していた十手を見せた。十手の銀色の輝きは、町人たちを瞬時に素直にする薬のようなものである。

「こ、殺しです」

振り向いて、二階を指差した。

「下手人はいるのか？」

「いや、逃げました」

「案内してくれ」

店の者の後から二階に上がった。

小部屋が四つほど並んでいる。

いちばん奥の部屋で若い男が倒れていた。膳の上に突っ伏し、あたりには血が、恨みのつぶやきのようにじわじわと広がりつつある。

刺されてまだ間はない。

「おい、しっかりしろ」

いちおう声をかけ、起こそうとするが、身体にまるで力がない。抱え起こすと、今度は仰向《あおむ》けに倒れた。

目を開いて、瞳孔を確かめ、手首で脈を診《み》る。

「駄目だな」

胸を一突きされたらしいが、凶器は見当たらない。短刀で刺し、持って逃げたのだろう。

「はあ」

「下手人は見たのか?」

「どこのどいつかはわかりませんが、いっしょにいた客がやったのです。あっしが下でうなぎを焼いている隙《すき》に急いで飛び出して行きました。若い男でした」

「すぐに後を追わなかったのか?」

波之進は窓から外を見ながら訊いた。

まだ正月の賑わいで、たいそうな人の流れである。すぐに追わなければ、探しようがない。

「まさかこんなことになっているとは思いませんよ。それでさっきうなぎを運んで来たらこのありさまで」

店主は廊下に立ったままで言った。

「この男は知っているのか？」

「ええ。よく知ってます。すぐそこの蛤《はまぐり》新道《しんみち》に住んでいる金貸しの得蔵《とくぞう》という男です。うちにはよく来てました」

「金貸し？　まだ若いじゃないか」

見た感じでは、三十にもなっていない。金貸しなどというと、どうしても年寄りを想像してしまう。

「ええ。どうも、最初は富籤《とみくじ》で百両（およそ一千万円）当たったのがきっかけらしいんです。それから金貸しを始めて、まだ若いのにたいした羽振りでしたよ」

「ほう」

「おもに食いもの屋に金を貸していたみたいです。いえ、あっしのところは借りてませんぜ」

店主は慌てて手を振った。

「そんなことはいいよ」

「それで、当たれば、さらに出店をつくるように勧め、その資金も貸すみたいです。よく、おれが睨《にら》んだ食いもの屋に外れはないと自慢してましたよ」

「ふうむ。その、金を貸せ、貸さないで揉《も》めたのかな」

波之進が首をかしげたとき、

「旦那、あっしらは隣の部屋にいたのですが、やりとりが聞こえてました」

と、店主のわきから年配の男が顔を出した。

「ほう。どんなことを話してたんだい？」

「ずっと聞いてたわけじゃなく、大きくなった声が耳に入ったんですが、片方が『まげそばにしろ』と、言ったんです」

「まげそば？」

波之進は首をかしげ、

「そんなそば、あるのか？」

隣の部屋にいたという男に訊いた。

だが、知られていないだけで、ありそうな気もする。

「あ、もしかしたらかげそばだったかも」

男は急に自信なさげになった。

「かげそば？」

字で書くと〈陰そば〉だろうか。

「でも、もう一人は、そんな名前にはしたくねえと言いました」

「したくないとな」

「すると、片方が、だったら金は貸せねえと」

「ああ」

それは得蔵が言ったのだろう。

「そこらで声は聞こえなくなりました。まさか、あっしらもこんなことになっているとは思いませんから、とくに聞き耳を立てたりもしませんでした。それからあるじが来て大騒ぎしたので、びっくりしたわけです」

隣の客がそう言ったとき、どたどたと音がして、

「町方だ。遺体はどこだ？」

南町奉行所の定町回り同心・赤塚専十郎《あかつかせんじゅうろう》が上がって来た。

後ろには奉行所の中間《ちゅうげん》二人と、岡っ引きがいる。

「お、月浦じゃねえか」

「たまたま近所にいたんです」

「なにがあった？」

波之進は遺体を見ながらざっと説明した。

「なるほどな。だったらちょうどいい。まさに食いものがらみの事件じゃねえか。月浦が担当してくれ」

むろん断わる理由はない。

「では、赤塚さん、まずは江戸中の番屋に廻状《かいじょう》を回してもらえませんか？」

「わかった。で、中身は？」

「もし、近くに新しくそば屋ができたら、定町回りの同心に報《しら》せるようにと」

「なるほど。奪った金でそば屋を開くか」

「ええ」

「わかった。すぐに手配しよう。ただ、そば屋も多いからな」

「新しいだけでは決めてにならないでしょうね」

波之進はうなずいた。

六

まもなく検死役の同心が来たり、中間が野次馬を追い払ったりして、現場の騒ぎも次第に収まってきた。

波之進は、とりあえず岡っ引きに、血がついた着物で逃げた男の聞き込みを頼むと、蛤新道にあるという金貸し得蔵の家に向かった。得蔵は腹巻の下にかなり込み入ったつくりの鍵を隠していて、それで開けられるものもあるはずだった。

番屋の者に訊くと、すぐ裏を指差した。

路地を入るが、二階建ての立派な家である。

「ご免よ」

声をかけて戸を開けると、目の前に六十くらいの婆《ばあ》さんが座っていた。

「なにか？」

「町方の者だが、得蔵の家だね？」

「はい。でも、得蔵さんは出かけてますよ」

「うん。じつは、向こうのうなぎ屋で、ついさっき殺されちまったぜ」

「こ、殺された……」

婆さんは、座ったまま後ろにひっくり返りそうになった。

波之進は、婆さんが湯を一口飲んで、落ち着くのを待ち、

「得蔵の家族かい?」

と、訊いた。

「いえ、得蔵さんに家族はいません。あたしは小間使いと飯の支度のため雇われているだけです」

「独り身かい。金貸しにしちゃあ物騒だな」

「だって、すぐ前が番屋じゃありませんか」

「なるほどな」

波之進は苦笑した。

「この家なら押し込みもねえと、いつも自慢してました。二重の金庫に銭を入れてるんだと。でも、真っ昼間に外で殺されちゃあね」

「得蔵はどういう男だったんだい?」

「悪い人じゃなかったですよ。ただ、若くてお金があったから、生意気だと思われたでしょうが、あれくらい生意気なのはいくらもいますしね」

「そりゃそうだ」

「あたしからしたら、ときどき舐めてあげたくなるくらい、素直な若い者でしたよ」

この婆さん、若いころはかなり色目を使った口かもしれない。

「富籤で当てた金を元手に金貸しを始めたってのは本当かね？」

「あたしも聞きました。ほんとみたいですよ」

「おもに食べもの屋に金を貸したんだって？」

「ええ。いまは江戸中の人間が食い道楽のとりこになってるから、食いもの屋がいちばん儲《もう》かるんだって」

「なるほど」

「でも、得蔵さんは、工夫のない食いもの屋は駄目だと言ってました。最近、妖怪団子というのが流行ってるでしょ」

「ああ。よく見るな」

団子に妖怪の名前がついているのだ。

一度、魚之進が買ってきたことがある。

たしか――。

ふつうのあんこがからんだものは〈まっ九郎〉。

白餡《しろあん》の団子には〈雪女〉。

あんこを餅の中に入れてしまったのが〈のっぺらぼう〉。

あんかけには〈だらだら坊主〉。

どれも、串の持つところに名前が書き込んであった。

「あれは、得蔵さんの案なんです。団子屋を始めたいので金貸してくれって来た人がいて、どこに出すのかと訊いたら、本所の寺のわきだというんです。そしたら、あんなところでただ、団子屋をやってもたいして流行らないから、変わった団子屋にしろと。当たったら、すぐ人を使って出店をつくれと」

「ほう」

「そのための資金はどんどん貸してやる。そのかわり、儲けの二割は寄越《よこ》せと」

「二割は大きいな」

「でも、妖怪団子が当たって、いまじゃなにもしないで、その二割の金がどんどん入ってきていたんです」

「ほう」

「ほかにも〈びっくり大福〉や、〈寿司番頭〉というのも、得蔵さんが流行らせたものです」

と言って、婆さんは部屋のずっと奥のほうを見た。

家の中に金蔵がつくられていた。

「この鍵は、たぶんあそこのものだな？」

「あ、そうです」

得蔵が持っていた鍵で錠前を外し、中を見た。

四畳半ほどの広さだが、真ん中に千両箱が積まれていた。

「これは凄い」

五つ。持ってみると、どれもずしりと重い。

富籤で手にした百両が、すでに五千両（およそ五億円）になったのだ。たいがいは、贅沢で使い果たし、数年で元《もと》の木阿弥《もくあみ》になると聞いたことがあるが、得蔵はそうはならなかった。

「五千両……これ、どうなるんですか？」

婆さんが訊いた。

突然、誰のものでもなくなった五千両。行方が気になるのも無理はないだろう。

「身寄りの者がいるんだろう？」

「いませんよ。女には絶望したから嫁をもらう気はないって」

「そうだったのかい」

「よく、冗談か本気かわかりませんが、おれが死んだら猫に財産をやるって言ってました」

「猫？」

「そこの」

見ると、黒と白の斑《ぶち》の猫が一匹、二階へ行く階段の途中でこっちを見ていた。なんとなく変な猫だと思ったら、片耳が半分ほど千切れたようになっている。

「怪我《けが》した仔猫を拾ってきたんですが、ずいぶん可愛がってましてね」

「ふうん」

猫はいっ、やさしかった飼い主の不在に気づくのだろう。金貸しは若くて遣《や》り手だったが、いろいろ苦労をしてきたのかもしれなかった。

「得蔵は、昨日、今日あたりで、まげそばとかいう言葉を言ってなかったかい？」

と、波之進は婆さんに訊いた。

「いいえ、聞いてませんね」

「かげそばは？」

「それも聞いていません」

得蔵は、そのそば屋でも、〈妖怪団子〉や〈びっくり大福〉と同じことをさせようと思ったのだろう。

──だったら、まげそばだの、かげそばだの、わかりにくい名前はつけない。

と、波之進は考えた。

しばらく、あげそばだの、さげそばだのと考えていくうち、

──もしかしたら、禿げそばではないか。

と、思った。

禿げそばだったら、一度聞いたらぜったい忘れない。

だが、禿げそばとはなんなのか。

七

得蔵の金貸し台帳を見つけた。

さほどぶ厚くはないが、どれも金額は大きい。どうやら最初からいままで、小口ではなく、十両（およそ百万円）以上の金を貸す商売をしてきたようだった。

いちばん新しい借り手が、高輪《たかなわ》東禅寺前の〈信州屋〉と記されていた。信州と言えばそば処《どころ》だろう。

一度借りたが、足りなくてまた借りたということもあるかもしれない。

波之進は高輪に向かった。

東海道沿いの〈信州屋〉は、探してもなかなか見つからなかった。番屋で訊いてもわからないし、看板を見ながら、何度も往復したが見つからない。

金は借りたが、まだ、商売は始めていないのか。

通り沿いに〈甲州屋〉と看板を出した古着屋があったので訊いてみることにした。甲州と信州なら隣同士だろうという駄洒落《だじゃれ》みたいな発想である。

ところが意外にも、

「あ、信州屋はそば屋だったんですが一度つぶれて、新しく煎餅屋を始めたんですよ。すぐそこです」

と、指差した。

間口一間《けん》半（約二・七メートル）ほどの小さな店だった。大きく、

〈あげせんべい〉

という看板が出ていた。

見ると、煎餅を焼くのではなく、油で揚げているらしい。それがなかなかうまそうである。客が数人、揚がるのを待っていて、繁盛もしているらしい。

「ちっとご免よ」

波之進は手っ取り早く話を進めるのに、十手を見せた。

「なんでしょうか」

店主は緊張した顔になる。

「あんたのところは、京橋の得蔵のところから金を借りてるよな？」

「ええ。でも、ちゃんと返してますぜ。おかげでけっこう流行ってますので」

「じつは、今日、得蔵が殺された」

「えっ」

店主はぱかっと口を開けた。

「あんた、昼ごろ、なにしてた？」

「え、え、あっしはここで煎餅を揚げてましたよ。う、嘘《うそ》だと思うなら、ここらの店で訊いてくださいよ」

自分まで油で揚げはじめたみたいに、慌てふためいて言った。

「そんなに焦らなくていい。わかった、それは確かめておくよ。ところで、得蔵が誰かに恨みを買ってるとかいう話は聞いてないかい？」

「いやあ、それは知りませんね。ただ、上がりの二割を得蔵にやらなくちゃならないんで、それが高いと思ってるのはいるんじゃないですかね」

「だが、得蔵の考えたことなんだろう？　揚げせんべいも」

「いや、考えたのはあっしですよ。ただ、商売のやり方については、いろいろ忠告されましたがね」

「得蔵は、禿げそばって商売を始めるつもりだったらしいんだが、あんた、なにも知らないかい？」

「禿げそば？　それは知りませんねえ。でも、なんだかわからねえが、それは流行りそうですね」

「そうかもな」

「ところで、旦那。得蔵が死んだということは？」

「借金もちゃらになるかってか？　生憎《あいにく》だが、代わりにお上《かみ》が取り立てることになるだろうな」

「ですよねえ」

と言いつつ、店主はがっかりしたらしかった。

揚げせんべいの店主は、昼間もあそこにいたことは何人もが証明し、疑いは晴れた。

暮れ六つ（午後六時頃）過ぎに高輪から南町奉行所にもどって来ると、外回り組の同心部屋で浜井章兵衛が待っていた。

「どうした、浜井？」

浜井は泣きそうな顔をしている。

「おれはもう、この先もあいつといっしょにいたら、気が変になるかもしれないぜ」

「山賊のことか？」

山野はもう帰ってしまったらしい。いつも帰りは早いのだ。そのかわり、山野は朝、かなり早く奉行所に来ている。

「あいつ、変だぜ」

「なんでだよ？」

「あいつ、しょっちゅう檻《おり》の中にいるんだぞ」

「檻の中ってどういうことだ？」

「だから、檻の中に入って、罪人たちと世間話をしたり、冗談言い合ったりしてるんだ。なぜそんなことをするんだって訊いたら、シャバにいるより檻の中のほうがしっくりするんだと」

「あっはっは」

「笑いごとじゃないぜ。それで、牢の中から罪人たちといっしょになって、おれをからかったりするんだ」

「へえ」

浜井はひどく嫌がっているが、波之進は面白いと思った。

そうやって罪人と接したりすれば、いろんな話が聞き出せるのではないか。

「なんで与力連中は叱らないのかね」

「そりゃあ山賊なりに仕事をして、ちゃんと成果を上げてるからだろう」

「まったく、そういうやり方で成果を上げられると、真面目な同心は困るんだよなあ」

浜井は憤懣《ふんまん》やるかたないといったようすで出て行った。

たぶん、なじみの飲み屋に直行するのだろう。

八

——明日は、禿げそばのことをどこかのそば屋で訊いてみるか。

そう思いながら役宅にもどって来たとき、出かけようとしていた魚之進と会った。

釣《つ》り竿《ざお》を手にしている。このところ、夜釣りに凝っていて、しょっちゅう近くの鉄砲洲《てっぽうず》に出掛けているのだ。

「あ、そういえば、八丁堀にお前の友だちでそば打ちを道楽にしているやつがいたよな？」

と、波之進は訊いた。

「ああ、いるよ。小石川養生所詰めの、本田《ほんだ》伝八《でんぱち》だろ」

「まだ、やってるか？」

「やってるなんてもんじゃないね。顔合わせるたびに、そば食わせるから来いってうるさいよ」

「いまから頼んでもやってくれるかな？」

「いつ頼んだってやってくれるよ」

「家族に迷惑迷惑だろう？」

「迷惑なもんか。母親と妹はいるけど、独り身だし」

「お前、頼んでくれないか」

「いいけど、おいら、あいつのそば、食い飽きてるんだよ。まずくはないけど、世辞もちっとは言わなきゃいけないし。食わなくていいなら、いっしょに行ってやるよ」

魚之進は付き合いがいい。向きを変えて、鉄砲洲とは反対のほうに歩き出した。

同じ八丁堀でも、月浦家の役宅が北東の端、霊岸橋《れいがんばし》の近くにあるのに対し、本田の役宅は岡崎町といって、南西の端のほうにあるのだ。

歩くと八町から九町分くらいはある。

「たぶん、兄貴はすぐ気づくだろうから言っておくけど」

と、魚之進は言った。

「なんだ？」

「本田がそば打ちに嵌《は》まったとき、おれ、なにがそんなにいいんだ？　って訊いたことがあるんだ」

「そばが好きだからじゃないのか？」

「それだけじゃないんだ。あいつの場合、そばを打って皆に食べさせるとき、女になったみたいな気になるんだと」

「え？」

なんのことかわからない。

「男が台所で料理するのは変だろう？」

と、魚之進は言った。

「ああ。お静なんか台所に入るのも嫌がるぜ」

「でも、そば打ちは力がいるから男がやってもおかしくない。それで、食べものをつくって、皆に食べさせるというのは、つまり女がすることじゃないか」

「まあな」

「それがうっとりするほど気持ちいいって」

「それって？」

「おかまじゃないかって思うだろ。でも、男が好きってわけでもないらしいんだ。ただ、女の気持ちになってみたいんだろうな」

「なんか気味悪いな」

波之進は背筋がぞっとしたが、魚之進はそうでもないらしく、

「子どものときから、女の着物を着たいとか、あったらしいよ」

と、さらりと言った。

「ふうん」

「悩んだこともあるそうだ。それで、いまはそば打ちで我慢してるんだろうな。だから、そこらへんのことを気づいても、黙っていてくれ」

「わかった」

「あいつも可哀そうなんだ」

「魚之進はやさしいな」

と、波之進は言った。

じっさい魚之進は、子どものときからやさしかった。

「そんなことない。おれもよく、変だって言われるから、そういうのに甘いのかもな」

「お前は変でもないだろう」

「うん。おれもそう思うんだ。世の中のほうがおかしいんだ」

魚之進がそう言って、兄弟はしばらく笑いながら歩いた。

——もし、魚之進に養子先が見つかったりすれば、こんな暢気な会話もあまりできなくなるだろうな。

そう思うと、寂しい気がした。

本田の家に着き、魚之進が、

「兄貴がそば打ちを見せてもらいたいそうだ」

と頼むと、

「ああ、いいですよ。ちょうど粉にしたものがあるので、いまから打ちますか？」

まったく流行っていないそば屋に、突然、新年会の申し込みが入ったみたいな、いかにも嬉しそうな顔をした。

「いいのかい。ちょっと調べのことで確かめたいことがいろいろあるんだ」

「じゃあ、そちらに」

台所ではなく、別にそば打ち小屋があるらしい。

「凄いね。専用の小屋まで建てたんだ」

「ええ、まあ。女たちが使う台所だと使い勝手が悪いものでしてね」

本田は自慢げに戸を開けた。中は四畳半ほどで、真ん中にそば打ちのための台があった。

「そっちの俵《たわら》にあるのが玄そばです。挽《ひ》くところからやるとかなり手間が要りますが、ちょうどそば粉にしたのがありますので」

と、大きな塗り物の鉢にそば粉を入れ始めた。

「そば打ちの手順はだいたい三つに分かれます。一こね、二延ばし、三包丁と言います」

「どれくらいで仕上がるんだい？」

「茹《ゆ》でる手前までで四半刻（約三十分）くらいですよ」

まずは水を加えながら、慣れた手つきでそばをこね始めたが、その途中で波之進はまずいことに気づいた。

本田伝八は、しばらく見ないうちに、すっかり髪が薄くなっているではないか。月代《さかやき》がやけに広いどころか、後ろのほうに残る髪の毛を無理やりまとめて前に持って来ているから、ちょんと髷《まげ》というより、頭の後ろから尻尾が生えているみたいなのだ。

——これは訊きにくいな。

まったく予想していないことだった。

そんな波之進の動揺をよそに、本田はてきぱきとそば打ちをつづける。

「訊きたいことがあったら、遠慮なくどうぞ」

と、本田は言った。

やはり仕事なのだから、訊くしかない。

「なんと言うか、本田も同心だから訊くが、禿げそばというものについて訊きたかったんだ」

「禿げそば？」

本田の手が止まり、顔を思い切り強張《こわば》らせて、

「それでわざわざわたしに？」

と、訊いた。

「いや、それは違うんだ」

「わたしだって、好きで禿げたわけじゃないですよ」

「それはもちろんだ」

「わたしだって、波之進さんみたいないい男に生まれたかったですよ」

悔しそうに両方のこぶしを握り締めた。

もしかしたら本田は、自分の容姿が嫌で、愛らしい娘に憧《あこが》れてきたのではない

か。

「そんなことは……」

くだらないことだと言いたいが、こういうのはおそらく当人でないとわからない悩みなのだ。

「ばあか。なに、いじけてんだよ」

と、わきから魚之進が言った。

「いじけてるだと？」

「お前がもてないのは、禿げのせいじゃないぜ。禿げなんか気にする気持ちの小ささのせいだっつうの」

「なんだよ、魚之進。お前だってもてないくせに」

「もてねえよ」

「うちの妹にお前はどうかって訊いたら、半年も口利《き》いてもらえなかったよ」

「わかってるよ」

魚之進はうつむいた。そのことは、波之進も知らなかった。

「だったら、偉そうに言うなよ」

「偉そうになんかしてねえよ。兄貴、これは大事な調べのことなんだろう？」

魚之進が波之進に訊いた。

「ああ、殺しの調べなんだ」

「殺し？　そうだったんですか。それだったら、なんでも言ってください」

本田の顔が変わった。ちゃんと、町方の同心の顔になった。こういうのは、同じ同心として、ひどく嬉しい。

「ああ。それで、禿げそばというのは、もしかしたら、ぴかぴか光るそばなのかなと思ったんだ」

「ぷっ」

と、魚之進が笑った。まさにいまも、本田の頭全体が、わきのろうそくの明かりを映して、ぴかぴか光っている。

「おい、魚之進」

波之進はたしなめた。

「いや、いいんです。光るそばねえ。だが、それはちょっと見当がつきませんね」

「そうか」

「兄貴、禿げそばだったら、つるつるなんじゃないの？　つるつるっとすすることができるんだよ」

と、魚之進が言った。

「なるほど」

波之進は手を叩《たた》いたが、

「ぴかぴかよりは、つるつるしたそばのほうがありそうだけど、じっさいそばをつるつるにするのは難しいですよ」

と、本田は言った。

「うどんはつるつるだよな」

「ええ。だが、そばをあんなにつるつるにはできないですね」

「つなぎに小麦粉をいっぱい入れたら？」

「うどんみたいにつるつるにするには、相当入れないと駄目ですよ」

「すると、うどんになってしまうか」

「つなぎで山芋を使ったりすることはありますが……ちょっと待ってください」

と、本田は山芋を持って来て試した。

「いやあ、駄目ですね。多めに入れても、そば自体がつるつるにはなりません」

「そうか」

波之進はがっかりしたが、

「だが、なにかあるんだよ」

魚之進はむしろ面白そうにしていた。

九

奉行所からもどった波之進に、

「今日、魚之進さんが変だったんです」

と、お静が言ったのは、本田の家を訪ねてから二日経《た》ってからである。

「変？」

「わたしが外で着物の洗い張りをしていましたら」

「洗い張りってなんだ？」

「ほら、着物の糸をほどき、洗って、板に糊づけして干すのをご覧になったことありませんか」

「ああ、あれな」

「それをしていましたら、魚之進さんがじいっと見ているんです」

「ふうむ」

「それで、なにか気になることでもと訊いたら、お姉さん、それはたしか寒天みたいなやつでしたよねって」

「寒天？」

「はい。糊づけに使うものです。布海苔《ふのり》なんです」

「それで？」

「魚之進さんは、わたしが使っていた布海苔の入れものに鼻を近づけて匂いを嗅《か》いだり、ついには指で舐《な》めたりしていました」

「舐めた？」

「どうなさったんですか、と訊きましたら、これかもしれないと」

「これかも？」

「兄貴に伝えてくれ。禿げそばのつなぎはたぶん布海苔だって」

魚之進が、そばをつるつるにする方法を探して、そば屋はもちろん、魚市場あたりまで行ったというのは、昨夜聞いていた。

あいつなりに、兄を助けようとしてくれているらしい。

「それで魚之進は？」

「その布海苔を持って、どこかに行きましたよ」

「ははあ」

たぶん本田伝八の家に行ったのだろう。

追いかけようかとも思ったが、それよりは報告を待つことにした。魚之進が喜んで駆けて来るようすが頭に浮かんだのだ。

子どものころから、嬉しいと走らずにはいられないやつだった。

案の定、息を切らせてもどって来た。

「兄貴、これ食べてみてくれ」

ざるにそばが入っていた。淡い緑色をしている。いっしょにそばつゆももらって来ていた。

すぐに茶碗《ちゃわん》につゆを入れ、そばをすすった。

「ほう」

まさにつるつるのそばである。喉ごしがなんともいえない。

「禿げそばだろ？」

「ああ。しかも、なかなかうまいよ」

「そうなんだ。あいつがつくったそばで、初めてうまいと思ったよ」

魚之進は嬉しそうに言った。

十

十日ほどして——。

湯島六丁目の番屋から、近くにそば屋ができたと報せが入った。

——早すぎるのでたぶん違う。

そう思いながらも、月浦波之進は湯島六丁目に向かった。

湯島の通り沿いはそば屋が多い。〈藪《やぶ》そば〉もあれば〈並木庵《なみきあん》〉というそば屋も繁盛している。ここに新しくそば屋を出すというのは、よほど自信があるのか。

番屋に場所を聞き、そこへ行くと、

〈鶴そば〉

と、大きな看板が出ていた。

——これだ。

波之進はにんまりした。

ちょうど店主が表にいたので、

「鶴そばってなんだい？」

と訊いた。

「喉ごしのいいめずらしいそばだぜ。越後のそばだ」

歳は四十くらいか。がっちりした身体つきの、そば屋より駕籠《かご》かきのほうが似合いそうな男だった。

「そばは信州だろう」

「越後のそばはちっと工夫があるんですよ。まあ、食ってみてくだせえ」

波之進は入って、せいろそばを頼んだ。まだ昼前で、波之進が今日いちばんの客らしい。

出てきたのは、薄い緑色をして、腰が強く、つるつるしている。まさに本田伝八のそばである。

だが、つゆはさすがにこっちがうまい。

「鶴そばって名はぴったりでしょ。知恵を絞ったんです」

店主は自慢げに言った。

「もとからそういう名じゃないのか？」

「田舎じゃへぎそばって言うんです。へぎってのは、ざるみたいなやつのことなんですがね。でも、それじゃあ、なんのことだかわからないでしょうよ」

「禿げそばにしたほうがよかったんじゃねえのか」

波之進がそう言うと、

「え？」

店主は目を見開いた。

「この店の資金のことで話を聞かせてくれ」

すこし間があって、

「なんのことですか、お客さん？」

と、店主は強張った顔で訊いた。

「南町奉行所の者だ」

十手は見せずに言った。

「じゃあ、ちょっと待ってくださいよ」

店主は調理場に入った。

波之進は、そのようすをじいっと見ている。

たぶん、有り金をぜんぶ持って、逃げる気だろう。その前に、まずはここから逃げないといけない。得蔵を刺した短刀でも持ち出すかもしれない。

「この野郎！」

店主はいきなり突進して来た。

短刀ではなかった。そば打ちの棒で殴りかかってきた。

波之進は咄嗟《とっさ》にその長さを見極めると、のけぞっていったんかわし、左手でわき腹を殴った。

「うっ」

息が洩れた。あばらの一本も折れたはずである。

崩れ落ちてもよさそうだが、店主はかなりの負けん気の強さらしく、さらに摑《つか》みかかってきた。

そこで波之進は、襟を摑んで腰を寄せ、身体をひねるようにした。

店主の身体が高々と宙を舞った。

魚之進と本田伝八に、うまいと評判の神田の〈藪そば〉をごちそうした。

食べ始めてすぐ、

「うまいなあ。なんなんですかねえ」

と、本田伝八は首をかしげた。

「うまいかい？」

波之進が訊くと、

「そば自体もうまいのですが、この腰の強さですよ。これは茹で方にコツがありそうですね」

「まあ、お前がかんたんに真似できるようじゃ、藪ののれんが泣くわな」

魚之進がわきから言った。

「ですよね。それに、このつゆもなあ」

本田はそば湯ではなく、ただの湯をもらって薄め、何度も味を確かめている。

「ま、このたび無事に下手人を捕まえられたのは、お前たちのおかげだ。礼を言わせてもらう」

と、波之進は二人に頭を下げた。

明日、奉行所で裁きが行なわれる。

むろん、金を奪うため人殺しをした〈鶴そば〉の主人は、死罪を言い渡されるだろう。

得蔵にはやはり身内がなく、財産はしばらくは奉行所預かりにして、お上のものになる。

ただ、得蔵の言っていたことは尊重し、猫に十両を遺《のこ》し、あの婆さんに面倒を頼むことになったらしい。

筒井和泉守の、情けある裁きと、町で話題になっている。

「いやいや、とんでもないです」

本田は恐縮し、

「もとはと言えば、兄貴が禿げそばなんて言葉を思いついたからだよ」

魚之進が、二枚目のそばをたぐりながら言った。

「ほんとに、同じ兄弟でどうしてこんなに違うのかね」

本田は魚之進を見て言った。

「やかましいわ」

「でも、おれはお前がそんなふうで嬉しいよ」

「おれは嬉しくねえよ」

二人のやりとりは、まるで三河万歳《みかわまんざい》のようだった。

第二話　うなぎのとぐろ焼き

一

月浦波之進は、深川の町を歩いている。

たった一人である。見た目は、なったばかりの浪人というところか。ただ、いい男すぎて浪人は似合わない。

「うまいものは深川にあり」

という言葉を、何人かに聞いた。

一方で、

「深川には変な食いものが多い」

とも聞いている。

深川はいわば、食の江戸城？　食の見世物小屋？

味見方の同心としては、なんとしても深川を探らなければならない。

たしかに深川には、食いもの屋が栄える条件はそろっている。

まずは海が目の前で、漁師も多い。川も、大川と中川が流れ込み、二つの川を結びながら縦横に運河が走っている。

すなわち、活《い》きのいい魚や貝がすぐに手に入るということである。

また、すぐ先の葛飾《かつしか》郡の農家からは、旬《しゅん》の野菜も届けられる。

あとは料理人の腕次第だろう。

料理人は、遊郭の周囲で鍛えられる。遊びに来た客が、色といっしょに食も楽しんで行くからである。

その遊郭は、吉原の次に深川が多かった。

深川で食が豊かにならないわけがないのである。

波之進は、朝早くに永代橋《えいたいばし》を渡って来た。朝陽が前方から差し、眩《まぶ》しさに目を細めながら見る大川の、とくに下流側の景色は立ち止まりたくなるほどきれいだった。

まずは、橋周辺の佐賀町をゆっくり回った。ただ、朝は開いていない店が多い。それでもいちばんに動き出す調理人や店主たちが、仕入れに出たり、早々と料理の仕込みを始めていたりする。

足を止めず、横目で見ながらさりげなく歩いて行く。途中、やたらとカラスが群れている食べもの屋の裏庭があり、のぞくとどうやらしまい忘れた干し柿が狙われていたらしかった。

つづいて仙台堀を東のほうへ向かった。

ぼちぼち昼飯を食べさせる店が開き始めていて、波之進は歩く速さをさらに遅くした。弁当に飯だけ詰めてきた大工が、煮売り屋で揚げものやがんもどきをおかずにするのに載せてもらっていた。そういう利用の仕方もあるらしい。

深川・仙台堀沿いの西平野町に入って来た。大川から入ると、木場の手前、左岸に長くつづく町並である。

刻限はすでに昼九つ（およそ十二時）近い。

いい匂いがしてきた。うなぎの匂いである。

〈うなぎ〉と書いた幟《のぼり》を立てた大きな店だった。

近づくと、かなり繁盛している。

店の中のよく見えるあたりに、品書きのように、

「うなぎのとぐろ焼き」

と、書いてある。

——とぐろ焼きだと？

そんな料理は聞いたことがない。値が二百五十文（およそ六千二百五十円）もする。そもそもうなぎは高価な食いものだが、これは高い。

食べている客が何人かいて、どんなものか見ると、うなぎを丸ごと一匹、とぐろを巻かせて皿に載せている。これがうけているらしい。

波之進も昼飯がてら入ってみた。

ただ、店の中はすでに客でいっぱいで、外に出した縁台に座らされた。

若い娘が注文を取ったり、運んだりしている。

「とぐろ焼きをくれ」

「飯は？」

「つけてくれ」

「肝吸いは？」

「うん。それもつけてくれ」

二百八十文（およそ七千円）になった。これでは、長屋の住人あたりはそうそう食べられない。

客を見ると、女連れの若旦那ふうの男や、大店《おおだな》のあるじふうの町人が多く、武士も何人かはいる。

波之進のように、浪人者らしき男は、めずらしいかもしれなかった。

まもなく注文の品ができてきた。

味を確かめる。

ふつうのかば焼きに近い。ふっくら焼き上がり、タレもよく沁《し》みている。ふつうのうなぎのかば焼きのうまさである。

ただ、やはりかたちが面白い。一人分だとこぶりのうなぎ一匹。

これに串を何本も使ってとぐろを巻くようにさせているが、その技はなかなかのものである。だいたい、皮は焼くと縮こまってしまうのに、それを外側に見せつつ、とぐろを巻かせているのだから、いろいろ工夫もあるのだろう。

とぐろの先には、ちゃんと兜焼《かぶとや》きもついている。

こうして食うと、確かに一匹丸ごと食ったという満足感もある。

「よおし、これで精力もついたぞ」

などと言いつつ出て行った客もいて、ここらが流行《はや》る理由になっているのだろう。

——どんな男がこの商売を始めたのか。

店主の顔を見ようとしても、奥のほうでうなぎを焼いたり串を打ったりしているので、ほとんど出て来ないらしい。

波之進は、客の接待をしている若い娘に、

「この料理は、ここの店主が考えたのかい?」

と、訊《き》いた。

「そうみたいですよ」

若い娘は波之進の顔をじいっと見て言った。その視線は、いま食べたうなぎのように、じっとりと脂っこい。

「いくつくらいなんだい?」

「歳ですか? 三十半ばくらいかもしれません」

はっきりわからないらしい。

訊けばもっと答えてくれそうだが、始終、用を言いつけられるので、波之進のところに来る暇がない。

すると、波之進の問いがきっかけになったらしく、隣の縁台の男たちが、こんな話を始めた。

「よく、こんなことを考えたもんだ」

「なんでも、ここの店主はマムシの剛助《ごうすけ》と言われた悪いやつだったらしいぜ」

「通り名があるということは、やくざか?」

「ああ。もともとは腕のいい料理人だったのが、バクチに嵌《は》まってぐれちまったそうだ」

「それで、これは通り名の蝮《まむし》から思いついたわけか」

波之進はこの話に耳を澄まし、大いに興味を覚えた。

この日は木場から洲崎《すざき》神社に来たあたりで、陽が沈みかけた。深川でいちばんの人出がある永代寺門前町あたりまで回り切ることはできなかった。深川すべてを回ろうとしたら、五日はゆうにかかってしまうだろう。

暮れ六つの鐘を聞きながら、奉行所にもどって来ると、先輩である本所深川回りの同心・渡辺団右衛門《わたなべだんえもん》に声をかけた。

「渡辺さん。ちょっとおうかがいしたいのですが」

「なんだ？」

渡辺はもう五十過ぎの、なかなか厳しい男だが、意地悪とかそういうのではない。仕事に厳しいという、むしろ尊敬すべき先輩なのだ。

「深川にマムシの剛助という綽名《あだな》のやくざがいたそうですが、ご存じでしたか？」

「マムシの剛助？　ああ、いたなあ。花房《はなぶさ》一家の若い者だったんじゃねえか。だが、しばらく名前を聞いてなかったぜ」

「どれくらい前です？」

「五年くらいかな」

「悪かったんですか？」

「そうだな。たいして強くはねえんだが、喧嘩《けんか》になるとかなりしつこかったらしい。弱みを摑《つか》んだら、それでゆするんだが、性質《たち》は悪かったぜ。いっぺんぶち込んでやろうと思っていたが、ついに尻尾は捕まえられなかったな。剛助がどうかしたのか？」

「ここんとこうなぎ屋をやっていて、たいした繁盛ぶりです」

「ふうん。だったら改心したのかね」

それだといい。

うまいものを食わせる者は、いい人間だと思いたい。だが、人間というのは、いろいろ面倒なのだ。

二

夜、波之進が役宅に帰って来ると、魚之進が井戸端で手足を洗っているところだった。竿《さお》とびくがわきに置いてある。釣りからもどったところだった。

「よう。どこで釣ってたんだ？」

「中洲《なかす》の対岸。最近はいつもそこで釣ってるんだ」

「へえ」

八丁堀からも近い鉄砲洲は、釣りの名所で、夜釣りもたいがいそこでやるはずだが、魚之進は新しい釣り場を見つけたらしい。

びくをのぞくと大きめの魚が二尾入っている。さらにその下で、ごにょごにょ動いているものがあった。

「うなぎか？」

「そう。仕掛けにかかっていたんだけど、どうしようかと思ってる」

今日はうなぎに縁がある日らしい。

「うなぎは捌《さば》くのも、調理するのも難しいよな」

と、波之進が言った。

「なかなかうまく焼けないんだよ」

しかも、あんなうまいタレも急にはつくれない。

「うなぎ屋に持ってって、お前のこづかいにしたほうがいいんじゃないか」

これくらい太くて大きいうなぎなら、かなりの額で買い取ってくれるはずである。

「そうするか」

魚之進は庭の隅にびくを持っていき、ぽちゃんと中のうなぎを池に放した。

半間（約九十一センチ）四方ほどの小さな池だが、深めに掘ってあって、ここに鯉《こい》やふななど川のほうで釣った魚を入れているのだ。もちろん観賞用ではなく、食用としてである。

「おれは今日の昼、うなぎを食ったんだ」

「へえ」

「うなぎのとぐろ焼きってんだ」

「そりゃあ面白そうだ」

「ちゃんととぐろを巻いていて、なかなかうまかった」

「いいなあ」

「仕事で食ったんだ。自分の銭だったら出せねえよ」

「だろうな」

「一日中、釣ってたのか？」

と、波之進は訊いた。

「うん、まあな」

魚之進は、つまらなそうに答えた。

たぶん釣っていても、たいして楽しくないのではないか。子どものころも、よく二人で釣りに行ったが、魚之進はそんなに楽しそうではなかった。釣っている途中で、虫を捕まえて遊んだりしていたものだ。

だが、いまの魚之進は、ほかにたいしてすることもないのだろう。

遊ぶには金がかかる。書物一冊買うのだって、次男坊にはたいへんなのだ。その点、釣りはまったく金がかからないうえに、おかずにもなれば、いい獲物は魚屋や料理屋で金にすることもできる。

——かわいそうに。

なんとかいい養子口を見つけてやりたい。

台所の戸が開いた。

「あら、もどっていらしてたんですか」

お静が顔を出した。

「うん。いま、魚之進と会ったものだから」

「早く夕ごはんを召し上がってくださいまし」

「うん。おかずはなんだい？」

「今日、実家からうなぎのかば焼きをもらって来たんですよ」

「そいつは凄《すご》いや」

と、波之進は言って、魚之進に対し、そっと人差し指を口に当てた。

三

翌朝――。

昨日のうなぎ三昧で、多少胃もたれ気味の波之進が奉行所に着いたとき、同心部屋はかなり慌《あわ》ただしくなっていた。

ちょうど深川の町役人が駆け込んで来たところだった。

「海辺橋のたもとで、男が殺されています」

本所深川回り同心の渡辺団右衛門が立ち上がった。

「なんだと」

海辺橋と言えば、昨日、波之進が行った西平野町のあたりである。

殺しとなれば、検死役やらなにやら数名の同心が駆けつけるが、あいにく今日は上さまが増上寺へ出向くというので、かなりの同心が警護のほうに駆り出されていた。

「月浦、手伝ってくれ」

渡辺が言った。

「わかりました」

波之進もいっしょに向かうことになった。いずれにせよ、今日も深川を回るつもりでいた。

あのあたりは舟のほうが断然早いので、お濠《ほり》に泊めてあった奉行所の舟を使った。

京橋川から八丁堀を通り、大川を横切って油堀《あぶらぼり》西横川を北上して、仙台堀の途中に出た。そこから海辺橋《と》はすぐである。

橋のたもとに舟を留め、岸に上がった。人だかりをかきわけ、筵《むしろ》の下の死体を確かめた。若い男が欄干に手を伸ばすようにして倒れていた。

「誰か動かしたかい？」

渡辺が町方の到着を待っていた番屋の者に訊いた。

「いえ、あっしらは動かしてません」

とすると、東のほうから来て、橋を渡って逃げようとしたのか。

地面にも血が滲《にじ》んでいて、腹部あたりを刺されているのは想像がついたが、身体をひっくり返すと、腹より上、胸を刺されて死んでいた。

「誰か、顔を知ってるか？」

答える者はいない。

渡辺は懐《ふところ》を探った。巾着《きんちゃく》が腹巻のなかにあった。開けると、銅銭のほか一朱銀（およそ八千円）が一つ入っていた。

「ほう」

金目当てではない。とすると、怨恨か、喧嘩か。

「ん？」

波之進は鼻を近づけた。血の臭いに混じって、うなぎの匂いもする。

「どうした波之進？」

「いや、なんかこの男、うなぎ臭いですよ」

渡辺も鼻を近づけ、

「あ、ほんとだ」

と、うなずいた。

「この先にあるのが、昨夜、渡辺さんに聞いたマムシの剛助の店です」

「ほう。おい、ちっと、この先のうなぎ屋のおやじを連れて来てくれ」

渡辺は番屋の者に命じた。

波之進は、今後の仕事のこともあるので、顔を知られないよう、離れてやりとりを眺めることにした。

剛助は、寝ていたところを叩《たた》き起《お》こされたらしく、腫《は》れぼったい目をしてやって来た。

「おい、この死体は昨夜、お前のところにいたんじゃねえのか」

渡辺が訊いた。

「え？　そういえば客で来ていた気もしますが、どこの誰かはわかりませんね」

剛助は遺体の顔を見ながら答えた。

「初めての客か？」

「さあ。何度目かはわかりませんが、少なくとも常連さんと言えるほどではありません」

「ふうん」

と、渡辺は剛助をじいっと見て、

「おい、マムシ。おいらを覚えているよな?」

「もちろんです。どうも、ご無沙汰をいたしまして」

剛助は丁寧に頭を下げた。

「ひさしぶりじゃねえか」

「ええ。腕を磨くため、四、五年のあいだ、上方《かみがた》に修業に行ってたんですよ」

「上方でとぐろ焼きを学んで来たってか? ずいぶん評判らしいじゃねえか」

「いえ、とぐろ焼きはあっしの思いつきですぜ、旦那」

やりとりはそれだけで、渡辺は剛助を帰らせた。

すこし離れてやりとりを聞いていた波之進は、渡辺のそばに行って、

「どうでした?」

と、訊いた。怪しいかどうか、先輩の勘はどう働いたのか。

「ううむ。怯《おび》えたようすや、後ろめたいようなところはなかったが、あいかわらずなに考えてるのかわからねえやつだな」

「そうですか……」

四

波之進は、夜になるのを待って、しらばくれて店に顔を出してみることにした。

だが、一人では逆に不自然で探索もやりにくい。

ここは渡辺団右衛門に相談することにして、

「剛助の店に探りを入れたいのですが、一人で行くのも不自然だと思うんです」

「そりゃあ二人のほうが自然だわな」

「深川では顔を知られていない腕のいい岡っ引きはいませんか？」

「にゃんこの麻次《あさじ》が来てたな」

「にゃんこの麻次？」

「猫を可愛《かわい》がっていてな。家に十数匹もいるらしい。いつも着物に猫の毛がついてるのさ」

「それでにゃんこの麻次ですか」

「縄張りは四谷のほうだ。深川じゃ知られていねえだろ」

渡辺は、外の岡っ引きや町役人がたむろしているあたりを見て、

「あ、いた、いた。おい、麻次！」

と、声をかけた。

「へい」

返事をして、四十くらいのにこやかな顔をした男がやって来た。ただ、猫撫で声だけでなく、ドスの効いた脅しの文句も吐きそうな雰囲気はある。

「おめえ、月浦を知ってるか？」

渡辺が訊いた。

「もちろんです。若いのにたいした腕利きだって評判ですから」

麻次は照れるようなことを言った。

「いまから深川に探索に行くらしいんだが、暇があったら助けてくれねえか」

「承知しました」

というわけで、二人で深川に向かうことにした。

朝は舟を使ったが、夜は舟の都合がつかなかった。

歩きながら波之進が事情を説明すると、

「そりゃあ、ちっと小芝居しながら入ったほうがいいですね」

と、麻次は言った。

「そうだな」

「どういう芝居にします？」

「あんたが金貸しで、おれは用心棒ってところでどうだ？」

「あっしは金貸しに見えると思いますが、旦那の用心棒はいけません。うらぶれたところとか、やさぐれたところがまったく窺《うかが》えません」

「そうか」

自分でも似合わないと思う。

「こうしましょう。あっしの可愛い姪《めい》っ子《こ》と、旦那ができちまった。ざっくばらんな気持ちを聞かせてくれと、そういう席ってことで」

「わかった」

店は夜も混んでいた。しかも、昼はいなかったが、当然、うなぎで酒を飲んでいる客がほとんどだった。煙草《たばこ》の煙も充満している。

奥のほうの縁台が空いていて、そこに二人で座った。

「遊びじゃないんでしょうね、日浦《ひうら》さん」

と、麻次は大きな声で言った。月浦ではなく、日浦という名前にすることは、すでに打ち合わせてあった。

それにしても真に迫っている。昨日の昼もいた店の娘が、さっとそばに寄って来て、こっちの話に耳を傾け始めた。

「遊びなんかじゃない。わたしは真面目だよ」

「だが、ご浪人が責任を取れるんですか」

「それを言われるとつらいな」

「つらいな、じゃないでしょう。あっしの大事な姪っ子だ。諦めてもらいましょう。二度とあの子とは会わないと約束してくだせえ」

「そ、それは」

「浪人といっしょになるあの娘のことも考えてくださいよ」

麻次の芝居に、周囲の客や店の娘たちが、なりゆきを注目している気配がありありと感じられる。

波之進はうつむいて、しばらく考えたふりをしたあと、

「わかった。諦めよう」

と、言った。

「それでこそ、武士だ。男だ。今晩はあっしがおごります。好物のうなぎをしっかり食って、精をつけてください」

ちょうどうなぎのとぐろ焼きが運ばれて来た。

周囲もまた自分たちの話にもどっていくようすだったが、

「あたしはご浪人だって平気ですけどね」

という声がわきでした。

「え？」

「ご浪人だって、傘貼りとか、用心棒とかを真面目にやってくれるなら、まったく平気ですけど」

店の娘だった。昨日の昼は見なかった気がする。小柄で真ん丸い顔をした娘である。

「そうか」

「元気出してくださいよ。世の中に女はいっぱいいますから」

明らかに自分はそのいちばん前に、いま並びましたという顔である。

「ところで、今朝、海辺橋のところで男が殺されてるのを見かけたのだが、前もこの店で見かけた気がするんだ」

波之進は話を変えた。

「ああ、誰かも言ってました。あたしは死体は見なかったけど、たぶん昨夜、ここに座っていたお客だって思いました」

と、娘は波之進が座っている縁台を指差した。

「へえ、ここにね」

「やくざみたいだったし、なんか変なお客だったですよ」

「変な？」

「はい。なんか、とぐろ焼きを見てるうち、『とぐろ焼きには右巻きと左巻きがあるんだな』とか言い出したんです」

「ほう」

「それで、調理場のほうを見に行ったりしてました」

「そこで喧嘩になったとか？」

「そういうことはなかったと思います」

「調理場には何人くらい板前がいるんだい？」

と、波之進は奥を見ながら訊いた。

だが、客が入るほうと調理場は分かれていて、しかも出入り口には長のれんが垂らされているので、中はほとんど見えない。

「見習いや弟子とかもいますから、いつも五、六人はいると思います」

そこまで話したところで、娘はほかの客に呼ばれたり、新しい客のところに行ったり、また忙しくなった。

「いいですね、旦那は」

と、麻次が小声で言った。

「なにが？」

「娘っ子が、なにも聞かなくたってどんどんしゃべってくれるんですから。もう、旦那に惚《ほ》れちゃってますよ」

「それは大げさだ。それより、気になることを言ってたな」

「ええ。右巻き左巻きがあると。でも、それで殺されたわけじゃないでしょう」

「それはわからんぞ。あるいは、それをきっかけに、なにかまずい話になったかもしれないし」

と、波之進は言った。

それからしばらく、周囲の客の話に耳を傾けたりしたが、怪しまれるとまずいので、半刻（約一時間）ほどいて、帰ることにした。

五

夜も四つ（およそ十時）近くなって――。

波之進が家にもどって来て、門を入ろうとすると、

――ん？

昨夜となにかが変わっているのに気づいた。

なにかと思って周囲を見ると、門のわきに梅の木を植えているのだが、その一輪が咲いていた。白い花が月明かりにうっすらと光っている。鼻を近づけると、いい匂いがした。この梅の木は、よく香ると、亡くなった母も春が来るたびに言っていた。

家に入るとすぐ、お静の顔が明るいのに気づいた。

父の壮右衛門も、こたつの中でどことなくにんまりしている。

夕飯のお膳を出してもらったあと、

「なにかあったのか？」

と、波之進は訊いた。まさか梅の花の一輪が、ここまで家を明るくするとは思え

ない。

「今日、魚之進さんが家に若い娘さんを連れて来たんですよ」

お静が声を落として言った。

「え、魚之進、いるのか？」

「あ、いまは出かけています。たぶん、うなぎを釣りに」

と、声の調子をもどし、

「なんでも、茅場河岸《かやばがし》のところにあるうなぎ屋に、昨夜釣ったうなぎを売りに行ったら、店の前でうなぎの絵を描きたいという娘さんに会ったんですって」

「うなぎの絵？」

「はい。絵を勉強なさっている娘さんなのです」

「ほう」

「それで娘さんが頼むと、うなぎ屋は『勘弁してくれ』と。うなぎはじっとなんかしてねえし、仕事の邪魔になるからと」

「だろうな」

「そこで、魚之進さんが『おいらのでよかったら』と、申し出たんだそうです」

「うん」

そうですよ」

「それで、『家はすぐ近くなので、おいらの家で描けばいい』と、お連れしたんだ
「ここに？」

「はい。その縁側のところに座って、ちょうど陽当たりもよかったので、腰をかけて四半刻ほどうなぎの絵を描いていきました」

「それで帰ったんだろう？」

「ただ、『もっとうなぎを描きたいので、明日も伺《うかが》わせていただけますか』とおっしゃって、魚之進さんも『それなら、ほかのうなぎも捕まえてきてあげますよ』って」

「へえ」

「それが愛らしい、いい娘さんなんですよ。絵を描きながら、ときおり魚之進さんとお話しなさっていたのですが、絵の感想とか話も合ってね。魚之進さんて、知らなかったんですが、絵のこととかも詳しいんですね」

そうかもしれない。魚之進は、隠居で書画や骨董《こっとう》が好きな人のところにもよく遊びに行っているはずである。

「ほう。おれも会ってみたいな」

「…………」

お静は困ったような顔をした。

「なんだい？」

「お前さまはお会いしないほうがよいかと」

「なんで？」

「ご近所でも、いろいろ聞いてますので」

「なにを？」

「娘さんたちが、お前さまと魚之進さんを比べてしまって、魚之進さんがずいぶん損をすると」

「ちっ、くだらねえな」

波之進は顔をしかめた。

だが、その絵を描く娘の話はいい話である。

「そういえば、門のわきの梅が一輪だけ咲いていたんだ。なにかの報《しら》せかな」

と、波之進は言った。

「まあ。吉兆なんじゃないですか。魚之進さんの」

お静がそう言うと、

「安易な期待は駄目だ。一輪だけ咲いた梅は、悪事の兆しという話もあるくらいだ」

と、父の壮右衛門が言った。

「そうなんですか？」

お静が不安げな顔になって舅《しゅうと》を見た。

「その悪事うんぬんは当てにならぬ話だが、わしも魚之進の縁談は、いくつ期待していくつ駄目になったか、数え切れないほどだ。だから、とにかく決まるまで期待はしないほうがいい」

「たしかにそうだ」

と、波之進も言った。

六

翌日——。

波之進が奉行所に行くと、本所深川回りの渡辺団右衛門が、

「月浦。海辺橋の死体の身元がわかったぜ」

と、声をかけてきた。

「お、よかったですね。どこの町でした？」

渡辺が、死体の身元を明らかにするため、まずは深川じゅうの番屋から番太郎を順に呼んでいるとは聞いていた。

「大島《おおじま》町の番太郎が知ってたよ」

「けっこう離れてますね」

大島町は深川でもずっと海に近い、越中島《えっちゅうじま》の手前にある町である。

「そうだな。そこで、若いが鳶《とび》としてなかなかいい顔の銀太《ぎんた》という男だった」

「鳶ですか」

店の娘はやくざっぽい男と言っていた。だが、鳶は威勢のいい若い者が多く、身体中《からだじゅう》に彫り物を入れていたりするので、やくざっぽいと思っても不思議はない。

「下手すると、そのまま捕物になるかもしれねえ。月浦も来るか？」

「ええ」

渡辺といっしょに、深川に向かった。いちおう、捕物に備え、中間《ちゅうげん》四人と岡っ引き二人を連れている。うち一人は、にゃんこの麻次である。

銀太は自分の家を持っていて、遺体もさっき、ここに移してきたようだった。

仲間たちが集まって、まだ若い女房をなぐさめていた。

「銀太はなんで海辺橋のあたりにいたんだ？」

渡辺は女房に訊いた。

「昨日は霊岸島の普請《ふしん》に行っていたんですが、その帰りにどこかで飲んだんでしょうか」

「しょっちゅう飲み歩いていたのかい？」

「そうですね」

「喧嘩とかは？」

「そりゃあ鳶だし、火消しの手伝いなどもしてましたので、気は荒かったです」

「ここんとこは？」

「四組の人たちとは睨《にら》み合《あ》っていたみたいです」

「なるほどな」

本所深川の火消し衆は、いろは四十八組とは別に、本所深川十六組というのが組織されている。

このあたりは中の九組だが、平野町界隈《かいわい》は南の四組に入っている。

その連中と喧嘩をしたとしたら、海辺橋あたりで刺されていても不思議はない。

「あとは？」

「加賀町の大工の棟梁《とうりよう》で、弥右衛門《やえもん》という人とも」

「ふうむ」

大工と鳶もときどき喧嘩をやらかすらしい。

「それと、マムシの剛助って男は知らねえか？」

渡辺はほかの仲間たちも見て訊いた。

皆、互いに顔を見合わせて、

「マムシの剛助？　知りませんね。そいつがやったんですか？」

と、そのうちの一人が訊いた。

「いや、わからねえ。うなぎ屋のあるじでな。昨夜、そこでうなぎを食ったあとで殺されたかもしれないので、いちおう訊いたんだ」

渡辺がそう言うと、

「うなぎですか。あの人はうなぎが大好きで、どこどこのうなぎがうまいとか聞くと、よく食いに行ってました。おれは、毎日、うなぎを食うために働いているんだとか言ってましたよ」

と、女房が言った。

となると、あそこにはただうなぎを食べに行っただけで、そこでほかの誰かと喧嘩になったことも考えられる。

渡辺団右衛門は、火消しや大工なども当たることにして、波之進のほうはマムシの剛助を調べることにした。

七

渡辺と別れ、波之進は麻次とともに、もう一度、剛助の店を見に行った。中には入らず、外からぐるりと裏のほうまで見た。

けっこう大きな店である。

中の土間は畳敷きにしたら十六、七畳分はあったのではないか。そこに十ほど縁台が並んでいた。

さらに、そのわきには一段上がった長方形の六畳間があり、いくつかの衝立《ついたて》で仕切られていた。

「新しい家ではないよな？」

波之進が麻次に訊いた。

壁は塗り替えている。屋根も新しい瓦が載っている。

だが、土台の木などはいくらか古びている。

「ええ、改築したんでしょう」

と、麻次は言った。

波之進は、隣のザルや桶《おけ》を売っている店で訊いた。

「ここは昔からうなぎ屋だったんじゃないよな？」

「違います。ここは流行らない水茶屋だったんです」

景色はいいし、流行ってもよさそうな場所である。

ただ、南を向いているので、夏などはいくらよしずを立て、川風が吹いても、暑くて景色どころではなかったかもしれない。

「家主はわかるかい？」

と、波之進はさらに訊いた。

「ここ、買ったみたいですよ。もともと売り買いできる家だったみたいで」

「売り主は？」

「小田原に引っ越しちまいました。売った金で、のんびり余生を送るそうです」

「いくらくらいだったんだろう？」

「どうですかねえ。ここは裏もけっこう土地があるんですよ」

それはすでに確かめてある。

月浦の役宅よりいくらか広い気がする。百二十坪というところか。

かなりの資金が要ったのではないか。いくらうなぎ屋の商売を当てる自信があったにせよ、元やくざがかんたんに家一軒買う金は用意できないだろう。

「臭《くさ》いですね」

麻次が言った。

「ああ、ぷんぷん臭《にお》うよ」

殺しと関わりなくても、食いものにまつわる悪事はからんでいるに違いない。

八

何度もうなぎ屋で食うと警戒されるし、三日つづけてうなぎというのは重いし、昼飯は麻次といっしょに永代橋近くのそば屋に入った。

「そういえば、麻次は芝居がうまいので驚いたぞ」

そばをたぐりながら波之進は言った。

「あ、あのときのですか」

「ほんとに説教されてる気がした」

「それは申し訳ありませんでした」

「謝ることはない。それより、昔、役者をしていたとかいうんじゃないだろうな」

白塗りは似合わないが、地味な脇役などはこなせそうである。

「とんでもねえ。役者だなんて」

と、麻次は照れた。

「違ったかい？」

「じつは、最近、同じことを経験してましして」

「え？」

「姪っ子がご浪人とできちまって」

「別れさせたのか？」

「はい。姪っ子には泣かれるわ、恨まれるわで、ひどい目に遭いました」

「なるほど。だから、真に迫ってたのか」

これも経験というものだろう。

まだ陽はあるが、波之進は麻次と別れ早めに奉行所にもどると、例繰り方に行

き、顔なじみの安井《やすい》金六郎《きんろくろう》という先輩に、

「五年前くらいで、まだ下手人が挙がっていない大きな盗みはないですか？」

と、訊いた。

「どのあたりだ？」

「深川かその周辺で」

安井は書類の束を持ってきて、しばらくめくっていたが、

「本所で金貸しが殺され、持っていた十五両（およそ百五十万円）が奪われた。下手人は、当日、金を返した男ではないかと目されているが、まだ捕まっちゃいない」

「十五両ですか」

十五両もあれば、うなぎ屋の準備金には充分だろう。だが、あの家一軒を買うとなると、足りないのではないか。

「深川ではないが、築地で押し込みがあった。夜、金物屋が襲われ、金箱に入れてあった三十両（およそ三百万円）が盗まれた」

と、安井はほかの箇所を見ながら言った。

「三十両ですか」

三十両でもどうだろう。たとえ買えても、すっからかんになると、商売というのはやはりまずいのではないか。

土地の値などについては、番屋に訊くよりはお静の父親にでも訊いたほうがわかるかもしれない。お静の実家は、通二丁目の店のほかに、江戸橋広小路に蔵と、柳島に別荘を持っている。

「月浦、なにを調べてるんだ？」

「深川であった殺しなんですが、どうもマムシの剛助というやくざがからんでいるみたいなんです」

「だったら、これは関係ねえだろうな」

「なんです？」

「いや、室町であった大店〈国丸屋〉の三千両の盗みさ」

「ああ、ありましたね。そうか、あれが五年前ですか」

三千両の、しかも江戸のど真ん中で起きた盗みは、そのころずいぶん話題になった。だが、波之進は、芝や麻布のほうを担当していて、まったく関わっていない。

「うちでもずいぶん人を動かして調べたんだが、下手人はまだ上がらねえ。ありゃあ、たぶん迷宮入りだな」

「蔵を破られたんでしょう?」

「ああ。しかも、外からは入られねえ造りの蔵だ」

「じゃあ、内部の手引き?」

「もちろん、疑ったさ。鍵を持っていたのは、旦那と女房と番頭の三人だけ。それで、女房をいろいろ問《と》い質《ただ》そうとしていた矢先に、毒飲んで死んじまいやがった。盗みがあって二日後の晩だった」

「そうでしたね」

月浦も小耳には挟んでいたが、まだ例繰り方にいて、担当以外のことまで注意を向けられずにいた。

「その後はどこまでわかったんですか?」

「女房には、どうも男がいたんじゃないかってことにはなっていた。その野郎が中に入れてもらい、三千両を盗んだ。ただ、女房のほうは、手引きしたことがばれるのが怖くて、毒を飲んだんじゃないかという説が強くなっている」

そこまで大胆なことをした女が、自死などするだろうか。

だが、女の性格を知らないのだから、いまはなにも言えない。

「三千両を一人で盗み出すのも大変だったでしょうね」

と、波之進は言った。

千両箱二つなら両手でどうにか持てる。だが、三つ持って逃げるのは容易ではないだろう。

「そうなんだよ。だから、おそらく仲間がいたんだろうな」

「でしょうね」

「ただ、わからねえのは、女房は旦那にベタ惚《ぼ》れだった。あるじは、月浦ほどじゃねえがいい男でな」

「なにをおっしゃいます」

「あの旦那に惚れてたくらいなら、よほどいい男じゃねえと、なびかねえだろうと」

「男は顔じゃありませんよ」

と、波之進は言った。お静もたぶんそう言う気がする。

「だが、誰が見ても仲が良かったっていうのさ」

「浮気などしそうもないと?」

「ああ」

「旦那のほうはどうだったんです?」

「旦那のほうもいっしょさ。また、その女房がいい女だったたらしいぜ」

「へえ」

「マムシの剛助は、いい男かい？」

「いや、そういうんじゃないですね」

剛助の顔は、銀太の死体を確かめさせたとき、ちょっと離れてはいたが、じっくり眺めた。むしろ、悪党の匂いがする癖のある面構えである。

殺された銀太も、生きていたときの顔はわからないが、端整とはとても言えない顔をしていた。

「じゃあ、やっぱり剛助は関係ないんじゃないか」

安井は笑いながら言った。

九

役宅に帰って遅い夕飯を食べていると、お静がすっと、うなぎの絵を前に置いた。波之進は、思わず、

「ほう」

と、感心した。

うなぎくらい見た目が単純な生きものも、そうたくさんはいないだろう。紐《ひも》のような身体に背中が黒で腹が白。絵にするのもかんたんだろうし、それでうまい下手の区別はつけにくいはずである。

ところが、このうなぎには味があった。食いもののうなぎからは想像しにくい、諧謔《かいぎゃく》かば焼きのような濃い味ではない。と侘《わ》びと寂《さ》びとが漂っている。

「例の娘さんが描いたもので、魚之進さんにも一枚くれたんですって」

「へえ」

さっさっと一筆で描いたようだが、かなりの技が潜んでいるのだろう。

「ヘビをよく描いていたのですが、うなぎが面白いというので、そっちを一生懸命描くことにしたのだそうです」

「いくつなんだ？」

「二十一だそうです。自分で、なかなか嫁に行けなくてと笑ってました。気取ったりなさらないんです」

「武家の娘なのか？」

「はい。三十石の御家人で、勘定方の下のほうにいますと、自分で言いました」

「ちょっと変わった娘なのか？」

「変わっているかもしれませんが、なんて言うのか、変な変わり方ではないと思いますよ」

お静がそう言うと、わきで碁石を並べていた父の壮右衛門も、

「あれくらい変わっていたほうが、面白いさ」

と、言った。

「思ったのですが、たとえ武家に養子に行けなかったとしても、そういう娘さんといっしょになって、魚之進さんが文字などを教え、あの方が絵を教えるみたいな手習い所をするのはどうかなと」

お静はそう言った。いいことを思いついたというふうに、目が輝いている。

「なるほど」

「それくらいなら、わたしの実家も支援してくれるでしょうし」

「それはうちでやるさ」

「はい」

「それで、魚之進は？」

「夜釣りです。うなぎにもいろいろかたちの違いがあるみたいで、とにかくいっぱいうなぎを狙っているみたいですよ」

お静がそう言ったとき、玄関で物音がした。魚之進が夜釣りからもどったらしい。

「お前さま。そっとしておいてくださいよ」

お静が早口で言った。

「ああ、わかってるよ」

波之進はうなずいた。

お静が玄関まで出て行き、

「寒かったでしょう？　釣れましたか？」

と、訊いた。

「ええ、四匹ほど」

魚之進の嬉《うれ》しそうな声がした。

波之進は、やはり国丸屋の三千両が盗まれた件を詳しく調べることにした。どうにも気になるのだ。

十

「気になるというのは、なにかを感じ取ったのだから、徹底して調べたらいい」

見習いをしていたとき、父の壮右衛門からそう言われた。忠告などはほとんどしなかった父には、めずらしいことだった。

渡辺団右衛門にそのことを言うと、

「国丸屋？　室町の？」

と、目を瞠《みは》った。

「ええ。剛助がいったん江戸から消えたのが五年前なんです」

「そりゃあ、月浦が新しい角度から迫ってくれたらありがてえ。あの件に関しては、こっちは完全に手づまりなんだ」

「そうですか」

「ほう、剛助がねえ」

渡辺は期待しているふうである。

「いや、まだわかりませんから。それと、岡っ引きの麻次を手伝わせてもいいですか？」

「ああ、いいよ」

まずは、例繰り方で国丸屋の女房が死んだときの状況を書いたものを写させてもらう。これを持って、麻次といっしょに室町の国丸屋に向かった。

国丸屋は油の問屋で、室町に間口十間以上の店を構えている。

あるじの名も調べてある。伝左衛門《でんざえもん》。

「三千両盗まれてもつぶれねえんだから、たいしたもんだよ」

「ほんとですね」

店に入ると、ぷぅんと油の匂いがした。

あるじの伝左衛門を呼んでもらい、

「南町奉行所の月浦という者ですが、亡くなったおかみさんの部屋を見せてもらえますかい？」

と、告げた。

「どうぞ、どうぞ。このところ、あまりお見えになってないので、諦めてしまったのかと思ってました」

「諦めるもんですか。いろんな角度から追い詰めるのですよ」

「ぜひ、お願いします」

伝左衛門自ら、二階に案内した。帳場のすぐ裏にも階段があるが、ずっと奥のほうまで行ってから、別の階段を上がった。

「ここです」

手前に四畳半ほどの板の間があり、その左手の八畳ほどの部屋である。調べのためだと、ほとんどあの晩のままになっていた。もう五年も経《た》つのに、たいした執念である。

「伝左衛門さんとは部屋を別にしてたんですね？」

「ええ。別といっても、すぐ隣ですし、あたしは夜中まで下で帳簿の整理をしたり、お題目を上げたりするもので」

「おかみさん、亡くなったときはいくつでした？」

「三十三でした」

「伝左衛門さんは？」

「あたしはいま四十二です」

ということは、四つ歳上である。

「酒を飲んでいて、その酒に毒が入っていたというんですよね」

とっくりが四本、畳の上に置かれている。そのそばに火鉢。蓋の取れた鉄瓶も載っている。ここで燗《かん》をつけたらしい。

「そうらしいんです。ただ、なんの毒か、よくわからないらしくて」

「とっくりが四本。わざわざとっくりに酒を入れて部屋に持って来てたんですか」

「そう。下に酒樽《さかだる》があって、それからとっくりに入れ、二階に持って来ていたのです」

「毎晩ですか？」

「酒が好きでしたから」

「一人で？」

「あたしは酒をやらないんですよ」

三十三のまだ若いおかみさんが、毎晩、寝酒を三合から四合。旦那は夜中まで帳簿をつけたり、お題目をあげたりで、寝るのは隣の部屋。やはり、見た目ほど仲はよくなかったのではないか。

窓があり、開けると小さな庭が見下ろせた。高い塀に囲まれ、その向こうは裏通りになっている。

下からここへ忍び込もうというのは、まず難しそうである。

「おかみさんが亡くなった晩、この家には二十人も泊まっていたのですね？」

波之進は写して来た紙を見ながら訊いた。

「はい。いつもは十人ほどですが、前の前の晩に押し込みがあってから、通いの番頭や手代も泊まり込むようになっていまして」

「だが、使用人に怪しい者はいなかったそうですね」

「いませんでした」

「あれから店を辞めた者は？」

「いないのです。辞めると変に疑われると思うこともあるのでしょうが、下働きの小娘ですら、まだ働いています」

「へえ」

もう一度、おかみさんの部屋から上がって来た階段を見た。この階段を利用するのは、ここと隣の部屋の者だけ。二階にはもっと部屋はあるが、壁であいだが仕切られ、向こう側は帳場の裏にあった階段を利用するという。

「旦那はあのあと嫁をもらったりは？」

「していません。ま、そろそろ考えようとは思いますが、下手人を見つけてもらうまではと思ってしまいます」

「そうですか」

波之進はうなずき、

「毒で亡くなったそうですが、その毒に思い当たるものは？」

と、さらに訊いた。

「ありません。うちではよくネズミ殺しに使う石見銀山《いわみ》は置いてませんし、樽の酒も確かめましたが、毒は入ってなかったのです」

「そうらしいですね」

「家内のそこらの引き出し」

と、伝左衛門は火鉢や箪笥《たんす》を指差して、

「どこにも毒なんかありませんでした」

「それも不思議ですよね」

一人分の毒をどうやって隠し持ち、酒といっしょに飲むことができたのか。

「毒ではなく、単なる心ノ臓の発作だったのでは？」

と、波之進は訊いた。

その疑いもまったくないとは言い切れなかったらしい。

「でも、家内の心ノ臓が悪いなどという話は聞いたことがありません。階段なども
とんとんと軽やかに上り下りしていましたし」

「なるほど」

しかも三十三と若かったのだ。

「ところで、おかみさんはうなぎがお好きってことはなかったですか？」

波之進は唐突に訊いた。

「うなぎ？」

「はい。よく食べていたとか？」

「それは知りませんが、ただ……」

「なんでしょう？」

「あのころ、あたしによくうなぎを食べさせようとはしていました」

「旦那に？」

「ええ。うなぎは精がつくからと。あたしがあまり元気がないと思っていたのかも
しれませんね」

たぶん、それは微妙な話である。

「うなぎはどこで買って来ていたんでしょう？」

「さあ、どこでしょう。この近くにうなぎ屋は何軒もありますし、あれはこの近くの生まれだったから」

伝左衛門は、その問いが不思議なものであるように、首を傾《かし》げた。

十一

国丸屋を出るとすぐ、

「旦那は剛助がおかみさんとできていたと？」

と、麻次が訊いた。

波之進はうなずき、

「なんの証拠もないが、だったとしたらおかみさんの手引きは考えられるぜ」

「そりゃあそうでしょうが」

「ここでもうなぎの話は出てきたぜ」

「たしかにそうですね」

「剛助の五年前や、もっと前のことを知りてえな」

「直接、訊いても、本当のことを言うとは限りませんぜ」

「ああ。剛助は深川の花房一家の若い衆だったらしい」

「じゃあ、そこで訊きましょう」

と、二人は深川に向かった。

花房一家のことは門前仲町《もんぜんなかちょう》の番屋ですぐにわかった。

「花房の万蔵《まんぞう》は元火消しで、四年前に中風を患《わずら》ってやくざどころじゃありませんが、まだ生きてます。住まいは、洲崎弁天《すざきべんてん》の門前で、女房が髪結いをしていますよ」

と、詰めていた町役人が言った。

家を訪ねると、女房は出かけていて、万蔵は奥の部屋のこたつで背中を丸めていた。まだ五十ちょっとらしいが、見た目は七十くらいだった。

波之進が「奉行所の者だ」と名乗ると、万蔵はふいに胸を張り、粋《いき》がるような仕草をした。落ちぶれても、気持ちは侠客《きょうかく》といったところなのか。

「じつは、マムシの剛助のことを訊きたくてね」

「ああ、剛助のことか」

「五年前まで親分のところにいたんだってな？」

「ああ。だがあれは、半分は堅気だったからな。五年前に突然、大坂に修業に行きたいと言い出して、おれにもいちおうそれなりの礼をしたので、許したよ」

「その後は？」

「会ってないね」

「半年ほど前から西平野町でうなぎ屋をしていて、たいそう繁盛してるぜ」

「西平野町ね。近いけれど、おれはこんな身体なんで行けねえな」

どうやら左半身はかなり不自由らしい。

「五年前、一人でここからいなくなったんですか？」

「そうだよ」

「仲間は？」

「いねえな」

とすると、やくざを相棒にしたわけではないらしい。

そこへ、髪結いの女房がもどって来た。

「なにか？」

女房は、愛想のいい顔で訊いた。

「いや、旦那方は、前におれんとこにいた剛助のことを訊きに来たのさ」

「いま、とぐろ焼きをやってる?」

「あ、そうそう」

女房は知っていた。

「食いに行ったことはあるかい?」

波之進は訊いた。

「ないですよ。あれのところはとくに高いですし、昔の姐《あね》さん面《づら》して行ってごちそうになるなんてみっともないことはやれませんし」

「馬鹿野郎。みみっちい話をするな」

万蔵がわきから怒ったが、女房は逆にうるさいという顔をした。

「ただ、朝、あの前を通ったら、仕込みをしているのが見えて、昔の友だちといっしょに仕事をしてたから、あいつら、まだつるんでいるのかと思いました」

「友だち?」

「はい。堅気なんですが、鳶をしている男で、子どものころから親しいと言ってましたっけ」

波之進は、この話に胸が高鳴った。

なにか、ひどく大事なことを聞いた気がした。

「剛助は深川育ちかい？」

「いいえ、あれは大川のあっちですよ。瀬戸物町の裏店《うらだな》育ちだと」

「へえ」

瀬戸物町なら、室町からも近い。たしか、死んだ国丸屋の女房も、あのあたりの生まれだと言っていた。すると、子どものころからの知り合いだったかもしれない。

礼を言って、家を出ようとすると、万蔵が、

「旦那方。早くこのあたりから、やくざなんてろくでもねえの一掃してくだせえよ」

と、言った。

振り返ると、本気でそう言ったらしい。中風を患って、ようやく改心したのかもしれなかった。

十二

波之進と麻次は、室町の国丸屋にもどって来た。

だが、波之進は店の近くで足を止めた。

「旦那、どうしました？」

麻次が訊いた。

「うん。ちょっと待ってくれ」

しばらく店を眺めていると、隣の下駄《げた》と雪駄《せった》を売る店が新しいのに気づいた。

「なあ、麻次。隣の店は、建てて五年てところじゃねえかな？」

「そうですね。え？　てえことは、盗みがあったとき、ちょうど建てていた？」

「ああ」

「剛助の友だちが鳶だっていいましたね」

「そういうこと。麻次。そこらのことを、あんたが訊いてくれないか」

商人に訊くのは、同心よりも岡っ引きのほうがざっくばらんな話が訊けたりする。なにかあれば、波之進がわきから口を出すつもりだった。

頭の上には〈蛮州屋《ばんしゅうや》〉と看板が出ている。

「ちっと訊きたいんだが？」

と、麻次が声をかけた。

「なんでしょうか」

「この店はわりと新しいな？」

「もともとここで商売をしていたのですが、建物がかなり古くなっていたのと、下駄だけでなく雪駄も商うようになったので、建て替えたのです」

「いつだい？」

「五年前ですか」

「隣の国丸屋に押し込みがあったのは知ってるか？」

「あ、はい。存じ上げています。ただ、ちょうどそのとき、手前どもは向こうの本石町の借り店《だな》で商売をしていたので、どういうことがあったかもまったくわからないのです」

「いや、それはいいんだ。ただ、そのときは、どれくらいまでできていたんだい？」

「あのときはまだ、夏でしたよね。とすると、全体の木組みができたくらいだったと思いますが」

「仕事をしたのは？」

「本材木町《ほんざいもくちょう》の卯之吉《うのきち》という棟梁《とうりょう》です。日本橋じゃよく知られた腕のいい棟梁ですよ」

ある。

「ええ。棟梁におまかせです」

そこまで訊いて、麻次は波之進を見た。ほかに訊くことはあるか、という顔である。

波之進は軽くうなずき、

「この店の名前だが、蛮州というのは聞いたことがないが、どこにあるんだい？」

と、訊いた。

「あ、これは南蛮の蛮でして、遠くの夢の国のようなものです。そういう遠くまで行ける履物を売るという心づもりでして」

「わかった。ありがとうよ」

波之進はそう言って外に出た。

表通りに立ち、もう一度、国丸屋と蛮州屋を眺めた。

建物のあいだは、人ひとりと隙間風が並んで通るのがやっとというくらい狭い路地があるだけ。

「なあ、麻次。鳶なら、木組みだけだった蛮州屋のほうに上り、隣の国丸屋へ移るのもかんたんだよな」

「ええ。そうでしょうね」

二人はいったん顔を見合わせると、国丸屋に入った。

「旦那。もう一度、さっきのおかみさんの部屋を見せてもらいたいんですよ」

と、波之進はあるじの伝左衛門に言った。

「なにかありましたか？」

「ああ。それで天井裏や屋根のほうまで調べたいんだがね」

「それでしたら梯子《はしご》を用意させましょう」

伝左衛門が命じ、小僧が下から梯子を持ってきた。

これを使って、麻次が部屋の隅に梯子をかけ、はめ板を外して天井裏をのぞき込んだ。

「へえ、しっかりした梁が通ってますねえ」

上から麻次が言った。

「死んだおやじが、よく、この家はどんな大きな地震でも倒れないと自慢してました」

「ちょっと渡らせてもらいますよ」

そう言って、麻次は天井裏に消えた。

みしみしと小さな音がしていたが、まもなく真ん中あたりのはめ板が外れて、麻次の顔が見えた。

「よう、麻次、気をつけなよ」

波之進は上を見て言った。

「月浦さま。やっぱりです。どうも、このあたりの瓦やはめ板が外され、ここに下りたように思います」

と、麻次が言った。

「跡なんかあるかい？」

「五年も経ってますが、その前の埃《ほこり》より薄くなっているところがあります。足跡でしょう」

「間違いないな。ここまで来ていたんだ」

麻次の顔が見えているあたりの真下に、あのとき、おかみさんが酒を入れて飲んだとっくりが、そのまま置いてある。

とっくりは三角の、座りのよさそうなかたちをしている。口のところは細くなっている。真っ白ではなく茶色っぽい色がついているが、一つずつ微妙に違う。

波之進はうなずき、伝左衛門に、

「やはり、おかみさんは上から毒を盛られて亡くなったのでしょう」

と、言った。

「上から？」

伝左衛門は唖然《あぜん》として、天井を見つめた。

十三

いくら考えても、天井裏から下にいるおかみさんを毒殺する方法がわからない。

だが、剛助――というか、剛助の仲間の鳶は、ぜったいにそれを成功させたのだ。

上から粉にした毒を、いったん固め、とっくりの中に投げ込んだのではないか。

だが、とっくりの口は細く、とてもそんなことは成功しそうもない。

あるいは糸をとっくりの口に垂らし、それを伝って毒が滴《したた》り落ちるようにしたのではないか。

しかしこれは、上のはめ板と下のとっくりの位置がずれていて、うまくいきそうもなかった。

麻次が、毒を入れたとっくりを紐で結んで下ろしたのでは、と推測した。

「それだと紐が残ってしまうぞ」

と、波之進は言った。

「そうですね」

「だが、いいところを突いたかもしれない。その先を明日、考えよう」

ということで、波之進は役宅に帰って来たのである。

夕飯を食いながら、

「魚之進はまた釣りか？」

と、訊いた。

「ええ。いったいうなぎを何匹釣るつもりなのでしょう」

お静は笑って、

「そういえば、今日、二人で面白いことをしていました」

「面白いこと？」

「はい。あの娘さん——おのぶさんとおっしゃるのですが、変わった恰好《かっこう》を描きたいなどと話していて、そのうち魚之進さんがうなぎをこうやって結んだのです」

「結んだ？」

「はい。こうして輪をくぐらせて、ぐっと引いて」

「へえ」

「でも、うなぎって自分でほどくんですよ。それを見て、皆で大笑いしました」

「ほどく？　自分で？」

波之進の頭の中で、なにかが激しく駆け回っていた。

十四

翌々日の朝——。

深川西平野町にあるマムシの剛助のうなぎ屋を、奉行所の捕り方が取り巻いていた。

いったん仕事に向かうお店者や職人が動いたあとで、店はまだ開いておらず、通りに人けはほとんど絶えていた。

うなぎ屋の裏手では、剛助たちがぼちぼち仕込みに動き出したところだった。

その裏手に、月浦波之進と、本所深川回り同心の渡辺団右衛門、それと岡っ引きの麻次が、垣根を越えて入って行ったので、

「なんですか、旦那方は！」

と、剛助は声を荒らげた。

「うるせえ。騒ぐな!」

と、渡辺がドスの効いた声で言った。

「え?」

「剛助と、元鳶の喬次《きょうじ》。五年前の国丸屋の三千両の盗み、おかみさん殺し、それと数日前の鳶の銀太殺し。それでおめえらをしょっぴくぜ」

渡辺がそう言ったとき、井戸端のほうにいた色の黒い男が、いきなり垣根を越えて逃げようとした。

だが、隠れていた奉行所の中間たちがいっせいに殺到し、男はすぐに捕縛された。

これが、元鳶の喬次だった。

「おい、家の中も探れ!」

渡辺が怒鳴った。

「旦那方、ずいぶんおかしなことを言い出しましたが、なにを証拠にそんな話をしてるんですか?」

剛助は、居直った口ぶりで言った。

「証拠ときたか。月浦、ざっと話してやれ」

と、渡辺は波之進に話を交代した。

波之進は、剛助を見ながらうなずき、

「おめえと国丸屋のおかみさんの千代《ちよ》さんは、幼なじみだったってな」

と、言った。

「それがどうしたんです？」

「五年前、おめえは瀬戸物町のうなぎ屋で働いているとき、おかみさんが来て、旦那に精をつけるにはどうしたらいいかと相談された。そりゃあ、うなぎは効くんだよな。だが、おかみさんの願いはかなわず、しかも幼なじみの気安さもあって、あろうことかおめえといい仲になってしまった。それは、おめえらが使っていた料理屋からも裏は取ってあるぜ」

「だから、なんです」

「おめえは、おかみさんに店の金を奪い、二人で上方にでも逃げようと持ちかけた。おかみさんの手引きがあったから、押し込みも楽なものだったろう。だが、おめえは端《はな》からおかみさんを上方に連れて行く気なんかねえ。当然、手引きが疑われるから、殺すつもりでいた」

「どうやって殺せるんですか？」

「そこの喬次ってのと企《たく》んだのだろうよ。ちょうど隣の家が普請中で、鳶の喬次がそこから国丸屋の屋根裏に入り込むのはさほど難しくなかった。そのときには、おかみさんがかならず夜、寝酒を飲むことなどもわかっていたから、上から毒入りのとっくりを下ろしてやるだけでよかった。毒はもちろんうなぎの血」

「へえ、うなぎの血に毒があるのを知ってましたか」

剛助はからかうように言った。

「知ってたよ。だから、素人がさばくときは、目に血が入ったりしねえよう、気をつけなくちゃならねえんだ」

これは一昨日の晩、魚之進から聞いたことだった。

「どれくらい効くかは人によって違うが、小柄だったおかみさんにはそうたくさんの量はいらなかった。酒に混ぜて、しかも肴《さかな》はおめえがくれたうなぎだったから、気づきにくかった」

「でも、上からとっくりを下ろしたって気づかれちまいますぜ」

剛助は笑いながら言った。

「それが気づかれないのさ。おかみさんが燗をつけるあいだに、後ろにそっと紐で下ろしてやる。その紐の先には、尻尾に紐を通されたうなぎがつけられ、しかもそのうなぎはとっくりに結びつけてあった」

「結ぶ？」

「そう。うなぎは丸く結んでも自分でほどくことができる。そのときとっくりも外れるって仕掛けだ。これは、うなぎ屋の職人じゃないと、思いつかない仕掛けだろうな」

「へえ。旦那方も面白いことを考えるものですねえ」

「鳶の銀太はそこまで気づいたわけじゃねえ。だが、バクチでよく会っていたから、おめえらがいつもつるんでいたことは知っていたし、国丸屋の隣の普請をいっしょにやっていたため、なにか感じていたんだろうな。それが、ひさしぶりに剛助がもどったことを知り、しかも左巻きのうなぎから、左利きだった鳶の喬次を思い出して、裏をのぞいたらいっしょに働いていた。それからいろいろ話すうち、銀太は怪しみ出したんじゃねえのかい？」

「左巻きのうなぎのことまでよく聞き込みましたねえ。旦那方もたいしたもんだ」

と、剛助が言った途端、わきにあったうなぎを捌く包丁を摑むと、いきなり波之進に突きかかってきた。

「おっと」

波之進は慌てない。

包丁の切っ先を見ながら、左手で剛助の手を軽く叩《たた》き、同時に右手で剛助の手首を摑むとこれを思い切りねじり上げた。

剛助の身体がくるっと回り、地面に仰向《あおむ》けになっていた。

そのとき、家の中から声がした。

「ありました！　床下に千両箱が三つ！」

その声に、波之進たちは思わずにやっとして顔を見合わせた。

十五

数日後——。

月浦波之進は、かなり遅くなって役宅にもどった。

「遅かったですね」

お静が労《いた》わるように声をかけた。

「ああ、帰ろうと思ったら、ふいに用事ができてしまった」

「お夕飯は？」

「すましたのさ」

「そうですか」

「なんだったね？」

「どじょう鍋だったので、すましてもらったほうがよかったかもしれません」

「いや、どじょう鍋は好きだよ。ただ、今日はちょっとな」

波之進は、にんまりした。

「なにか？」

「うん。さっき、最高にうまいものを馳走《ちそう》になって来た。驚いたね。あんなうまいものがこの世にあるとは思わなかった」

「まあ。それはどんな食べものなのです？」

と、お静は訊いた。

「それが、仕事のことなのでいまは言えないのさ」

「いまは？」

「ああ。そのうち話してやるさ。お静にも食べさせてやりたいな」

「それは楽しみにしておきます」

「魚之進はいるのかい？」

「はい」

お静の表情が翳《かげ》った。

「どうかしたのか？」

「おのぶさん、近々京に行ってしまうんだそうです」

「京に？」

「おのぶさんのお父上は、以前、京の所司代に勤めていて、その縁で、禅画の大家と面識がおありなんだそうです」

「ははあ、禅画のな」

「おのぶさんも禅画のような絵を描かれるでしょう」

「修業か？」

「みたいです」

「どれくらい？」

「どうも、一年か二年は帰らないみたいです」

「それは長いな」

「ええ」

「いま、魚之進は？」

「夜釣りだと思います」

「がっかりしているか？」

「たぶん。魚之進さんは、そこらへんは表に出さないから」

「そうだな」

とは言ったが、表に出さないというのは、お静の誤解である。口にしないだけで、顔や態度にははっきりと出る。

子どものときからそうだった。

じつは波之進には失恋という経験がない。こっちが好きになる前に、いつも向こうが波之進を好きになっていた。だから逆に、恋心というものもよくわからないところがある。せつなさ、辛さを味わったことがないのだ。

もし、わかるとしたら、それはこれまで魚之進の表情を見ていたからだった。恋がいかにせつないか、失恋がいかに辛いかは、それで想像していたのだった。

――また、あの顔をしているのだろうな。

そう思ったとき、魚之進の声がした。

「ただいま帰りました」

波之進は、できるだけなにげない顔でいようと、慌てて茶をすすった。

第三話　くじらの姿焼き

一

月浦波之進の深川の食いもの屋回りがつづいている。

なにせ数が多い。しかも、昼に回って開いていなくても、夜にはやっていたりする。逆に、朝早くからやって、夕方には閉めてしまう店もある。夜鳴きそば屋など、いつも動いている店もある。

一度通りを歩いたくらいでは、店の実態はなかなかつかめないのだ。

顔なじみになった永代橋近くの番屋の番太郎が、

「旦那方。面白い店が繁盛してますぜ」

と、教えてくれた。

「なんの店だ？」

「くじらの肉を専門に食わせてくれるんです。夜になってから開けるので、旦那方はなかなかのぞけないでしょうが」

深川の大島町というから、海に近いほうで、漁師町である。

その店の前に大きく、

「大きくなるには、大きなものを食え」

と書いてあるという。たしかにその看板は見た覚えがあったが、閉まっているときで、なんの店かわからなかった。

なかなか説得力のある文句ではないか。

誰《だれ》しも大きくなりたい。身体だけでなく、気持ちも気宇《きう》壮大《そうだい》でありたい。なるほどくじらを食べることで、そんな気分が味わえるような気もしてくる。

それが悪事にからむかどうかはわからないが、小悪党がでっかい悪事を夢見たりするとまずいかもしれない。

「よし、のぞいてみよう」

と、番屋で夜になるのを待ち、波之進は岡っ引きの麻次とともに、くじらを食わせる店にやって来た。

ふつう、町木戸が閉められて以降の商売は許可しないのだが、ここはとくに夜釣りに行く漁師たちや、海から帰って来る漁師たちのためということで、北町奉行所のほうから特別に許可を得ているらしい。しかも番太郎によると、その許可に当たっては、くじら肉を好む土佐藩士からの後押しもあったという。

間口は三間（約五・五メートル）ほどあって、長のれんがかかっている。

戸は一間分ほど開けっぱなしで、そこからくじらを焼く煙や匂《にお》い、酒の匂いなどが道まで流れ出ていた。

「こりゃあ、たまりませんね」

と、麻次が言った。

のれんをくぐって中へ入ると、すべて土間《どま》で、縁台が八つほど。

店の奥に、かまどが二つあり、片方では肉を焼き、もう片方には煮込みの大鍋を載せてあった。酒の燗《かん》は、別の火鉢でつけている。

縁台はすべてふさがっていて、空くまで、しばらく客が帰るのを待たなければならなかった。だが、仕事に行く漁師が多いせいで、すぐに縁台は空き、波之進と麻次は座ることができた。

さっそく酒を一本ずつと、くじらを注文する。

若い衆も三人ほどいたが、波之進は店のおやじに来てもらい、

「くじらは初めてなんだが、なにを食べたらいいかね?」

と、訊《き》いた。

「くじらはいろんな部位がありますが、まあ、最初は赤肉を焼いたのと、野菜といっしょに皮や喉のびらびらなんかを煮込んだのと、二つ食べてみてください」

というおやじの勧めに従った。

赤肉は焼いたものを生姜《しようが》を入れた醬油につけて食う。

波之進は一口食べて、

「へえ、うまいね」

と、言った。魚とは違う嚙《か》み心地がする。魚の肉というより、ももんじ屋で食う獣《けもの》の肉に近い。

「なるほど。こりゃあ精もつきそうですね」

生姜ではなく、にんにく醬油で食っている連中もいるが、あれは明日の朝まで会う人ごとに嫌がられるだろう。

つづいて、煮込みを食う。

「これは脂《あぶら》たっぷりだ。あったまるぜ」

脂は味と匂いに癖があるが、野菜といっしょに煮込んであるので、だいぶ食べやすい。

「ほんとですね」

二人は晩飯がまだということもあって、たちまち平らげた。

おやじがそのようすを見ていたらしく、

「どうです、味は？」

と、自信ありげに訊いた。

「うまいし、滋養がつきそうだ」

波之進が答えた。

「つくなんてもんじゃありません。このあいだも沖で舟がひっくり返ったとき、このくじらを食って行った漁師だけが助かって、食べてなかったのは凍《こご》えておっ死《ち》んじまいましたよ」

「ふうん」

たしかにそんなこともあるかもしれない。

「ところで、この店には名前はあるのかい？」

と、麻次が訊いた。

「ありますよ。そこの提灯《ちょうちん》に小さく書いてますでしょ」

波之進は提灯に目をやって、

「え？　土佐《とさ》耳屋《みみや》ってえのかい？」

「そうなんです」

「土佐出身かい？」

「そう。土佐で漁師をしてました。くじら漁をね」

「それが深川で食いもの屋を？」

「くじら漁の途中、時化《しけ》に遭って、安房《あわ》まで流されたんですよ。八人乗っていたのに、助かったのは三人だけでした」

「へえ」

「二人は土佐に帰っちまいましてね。おれは、いっしょに乗っていた兄貴が死んでしまって、土佐には身寄りもなくなったので、江戸に居着いたというわけです。二十五のときでした」

おやじはいま、四十くらいだろう。

「それで土佐というのはわかった。だが、耳はなんだ？」

と、波之進は訊いた。

「くじらに耳はないでしょう？　おれは土佐という故郷を失くしましたでしょ。ないもの同士っていう意味ですよ」

「………」

どうもよくわからないが、まあ、店の名前は好き勝手につけても、他人がとやかく言うようなことではないだろう。

「もう一つずつ頼みたいが、なにがお勧めだい？」

と、波之進は訊いた。

「でしたら、顎《あご》の付け根のところの肉がありますので、それを焼いたのを食べてみてください。それと、くじらのベロを煮たものがあるので、食べてみますか？」

「うん、頼むよ」

酒ももう一本ずつ頼み、改めて店の中を見回した。

漁師が多いが、お店者らしい二人連れもいれば、武士の三人連れもいる。皆、にこやかに飲み、食っている。悪事などまったく関《かか》わりなさそうである。

さっきのお勧めができてきたので、これも味わう。焼いた肉は脂がのっている。さらに、ベロも脂が凄《すご》い。だが、脂の味は微妙に違う。

なるほどどっちもうまい。

「おやじ！」

大声がした。漁師の一団らしい。これで刀でも差していれば、海賊に間違えそうな連中である。

「なんです？」

「お前んとこじゃ、ほれ、あれをやらねえのか。くじらの姿焼き！」

「ああ、うちじゃやりません」

このやりとりに、波之進と麻次は目を丸くした。

くじらの姿焼きだって！

「おい、おやじ。いまの話、本当なのかい？」

と、波之進は訊いた。

「うちでやるんじゃないですよ。でも、本当らしいんです」

「姿焼きって、丸ごと焼くのかい？」

「ええ。くじらのまわりで薪《まき》を焚《た》いて、焼けてきたところから食っていくらしいですぜ」

「土佐の料理かい？」

「いやあ、土佐にだってそんな料理はありませんよ」

「じゃあ、安房とかあっちのほうか？」

「いいえ。すぐそっちの浜のほうで」

と、おやじは越中島《えっちゅうじま》のほうを指差した。

深川のいちばん海よりである越中島のあたりは、半分ほどは大名の下屋敷などになっているが、あと半分は葦《あし》の茂る湿地になっている。

「そんなとこでやったのか？」

「ええ。十日ほど前にね。そのときは、くじらと言うより、いるかと言ったほうがいい、小さなやつだったけど、それでも凄かったらしいです」

「へえ」

波之進も、これには魂消《たまげ》た。

二

役宅にもどると波之進は、

「飯はいらない。お茶を淹《い》れてくれ」

と、お静に頼んだ。

かなり遅くなっていて、父も魚之進も、自分の部屋で寝《やす》んでいるという。

「煎茶《せんちゃ》でよろしいんですか？」

「そうか。眠れなくなるとまずいか」

「はい。番茶か、柿《かき》の葉のお茶もありますよ」

「そうだな。柿の葉の茶をもらうか」

肌がきれいになるとかで、お静がよく飲んでいる。じっさい、お静の肌はいつも艶々《つやつや》している。

「今日もあの、この世のものとは思えない料理を召し上がったのですか？」

お静は茶を淹れながら訊いた。

「違うよ。仕事でくじらの肉を食べ過ぎて腹一杯なのさ」

「まあ、くじらの肉を？」

「食べたことあるかい？」

「子どものころにありますが、脂っぽくてあまり……」

お静は顔をしかめた。

日本橋の商家は、武士の家よりずっと、新しい食べものや珍しい食べものに対して勇敢なのだ。お静の家でもくじらの肉はずいぶん前から家族に味わわせていたらしい。ただし、その味はずいぶん気に入らなかったのだろう。

「たしかにおなごは苦手かもしれぬな」

精がつくと思えば平気だが、相当癖があるのだ。

「それより、わたし、気になってまして、お前さまがこの前おっしゃった、この世のものならぬ料理のことを」

「それのなにが？」

波之進は茶をすすりながら訊いた。

「そういうおいしい料理を、あなたにつねづね食べさしてあげたいものだなと」

お静がそう言うと、波之進は笑って、

「馬鹿《ばか》言え。あんなものはしょっちゅう食うものではないよ。一生に何回か食べられたらいいという料理なのさ」

「まあ」

「ま、待ってなって。一度だけしか無理だろうが、あんたにも、おやじや魚之進にも食べさせてやるからさ」

そう言って波之進は、なんだかこれから悪戯《いたずら》でもするような顔をした。

三

翌日――。
波之進は奉行所には向かわず、永代橋のたもとでにゃんこの麻次と待ち合わせた。

麻次は約束の刻限より早く来て、煙草《たばこ》を吹かしながら待っていた。

「早いな」

と、波之進は感心した。

昨夜はだいぶ遅くなったので、「うちに泊まれ」と勧めたのだが、大丈夫だと帰って行ったのである。

「ええ。じつは弓町《ゆみちょう》の知り合いの家に泊まりましたんでね」

弓町というのは、新両替町と西紺屋町のあいだあたりの町で、南町奉行所からもすぐ近くである。であれば、ここ永代橋までは近い。

「でも、着物に猫の毛がついてるな」

「ああ、泊まったところでも猫を飼ってますのでね」

麻次の家のことは、姪《めい》がいることくらいしか知らない。

「おかみさん、いるんだろ？」

「いたんですが、三年前に病で亡くなりました」

「じゃあ、家には？」

「十六の娘と十五の倅《せがれ》がいます。娘は女房がやってた髪結いの跡を継いでましてね」

「たいしたもんだな」

「倅は十五のくせにでかい図体《ずうたい》をしてるので、いま、火消しと番太郎の見習いをさせてます」

「そっちはあんたの跡継ぎか」

「別に岡っ引きなんか跡継ぎでなるもんじゃありませんよ」

と、麻次は嬉《うれ》しそうに言った。

「ま、弓町の知り合いのことは、今度聞くことにするよ」

「え？　へっへっへ」

麻次はとぼけて川の流れを見た。

「今朝出がけに、弟に聞いたのだがな」

と、波之進は永代橋を歩きながら言った。

「はい」

「越中島のあのあたりは、あいだに大名屋敷があって、深川のほうからは入りにくいらしいぜ。潮が引いたときなんかは洲崎《すざき》のほうから渡れなくもないが、また満ちて来ると大変らしい」

朝飯のとき、いつも釣りをしている魚之進に、越中島に渡る方法を訊いてみたのである。魚之進は、越中島のほうにもときどき小舟を持っている友だちと、釣りに行っているらしかった。

「では、どうします？」

「舟は漕《こ》げるかい？」

「ええ。小舟くらいでしたら」

「だったら漁師舟を借りようぜ。空いてるのもあるはずだ」

「わかりました」

熊井町という大川沿いの漁師町に来ると、ちょうどもどった舟を舫《もや》っているところで、十手を見せて交渉したら、夕方までなら五十文（およそ千二百五十円）で貸してくれることになった。夕方まではかからないはずである。

麻次が漕ぎ、波之進が竿《さお》で舵《かじ》を取りながら、岸沿いにゆっくり進んだ。

さほど行かないうち、岸辺が焼け焦げているところが見えた。

「あそこじゃないか」

「ええ。着けてみましょう」

舟を岸に寄せ、綱を持ったまま岸に飛んだ。

「これに間違いないな」

「そうですね」

焚火《たきび》の跡がなにかを囲んだようになっている。いるかくらいの大きさの頭や背の骨も残っていたが、船虫がびっしり張りついていた。近づくといっせいに逃げるさまが気味悪いくらいである。

「臭《にお》いも凄いな」

「そうですね」

十日ほどのあいだ波風に洗われたりしただろうが、葦などについた脂が落ちにくいらしく、脂っぽい臭いがぷんぷんしている。

「これだというかの大きさは一間半（約二・七メートル）くらいか」

葦が倒れたり焼けたりしている広さから判断した。

「だいぶ食いごたえがあったでしょうね」

「ああ。一刻（約二時間）くらいじゃ食い切れなかっただろう。だが、ここでそんな火を焚いていたら、漁師はもちろんだが、向こうのお船手組《ふなてぐみ》の船見番所からもよく見えただろうな」

と、波之進は、石川島のほうを指差した。

その方向には、あいだに石川島があって見えないが、霊岸島の船見番所があるはずである。

これだけの炎が上がれば、なにごとだと騒ぎになったに違いない。

ここでなにもわからなかったら、お船手組にも訊く必要があるだろう。

しばらく海のほうを見ていると、漁師の舟がずいぶん行き来している。近くまで来た小舟は、夜釣りの帰りらしい。

「ちょっと訊きたいことがあるんだがな」

と、波之進は十手を見せながら声をかけた。

「なんでしょうか？」

漁師はゆっくり舟を近づけて来た。

「十日ほど前、ここでくじらを焼いて食っていた連中がいたはずなんだ」

「ああ、いました。安房の勝山の漁師だとか言ってましたよ」

「ほんとにくじらを焼いていたのかい？」

「焼いてました。贅沢《ぜいたく》な料理法だと思いました」

「贅沢？」

「ええ。だって、すぐわきで火を焚きますから、脂がどんどん出て地面に沁《し》みていくんです。あの脂は脂で銭になりますからね」

「なるほど」

「でも、安房には昔からある料理法だそうです」

「あんたも食ったのかい？」

「ええ。なにやってんだって見に来たら食わせてくれたんです。あっしだけじゃねえ。ずいぶん大勢、食わせてもらいました。とにかく、焼けたところからどんどん切り刻んで食っていくという豪快な料理法ですよ」

「勝山の漁師は何人くらいいたんだい？」

波之進はさらに訊いた。

「かなりいました。二十人くらい」

「そんなにいたのか」

「でも、いざ、くじらを獲《と》るってときは、何百人がかりだそうですぜ」

「へえ」

「勝山あたりのくじらというのは変わった味がするもんですね」

「そうかね」

「つーんと来る味もあれば、いい匂いのところもある。甘味《あまみ》もなんとも言えないんです」

「くじらが？」

「ええ。あんなにたらふく食ったのは初めてでした」

なにか変である。

「それ、ほんとにくじらを食ったのか？」

「もちろんです。見ながら食ったんですから」

「いままでくじらを食ったことはあるよな？」

「ええ。でも、あれを食ったら、土佐耳屋ってとこで食ったくじらは違うものなんじゃないかと思いましたよ。脂っこくて、そういっぱいは食えねえものなんですが」

土佐耳屋でも食ったことがあるらしい。

それから波之進と麻次は、何艘《そう》かの舟に声をかけ、やはりここでくじらの姿焼きを食ったという男二人を捕まえた。

「食いました、食いました。銭取られるんじゃねえかと心配したけど、これは神さまに捧《ささ》げるものだから、銭は要らねえって。な？」

もう一人の男に言うと、

「ええ、ありがてえ神さまもあったもんですよ。おら、宗旨替えするから教えてくれって言ったら、安房の勝山のくじら獲りじゃなきゃ拝めねえって言われました」

「くじらを食ったのは初めてじゃないだろう？」

と、波之進が訊くと、

「いや、おらたちはふだん海苔《のり》を採ってますんで、魚はあんまり釣らないんですよ。まして、くじらなんか釣ったことはありませんよ」

「おらはいっぺんだけ食ったことあります。汁にして食ったんですが、脂べっとりで、おっかあがいくら鍋を洗っても脂が落ちないって怒ってましたよ。おっかあ怒らせてまで食う気にはならなかったんですが、このあいだのくじらは旨《うま》かったですねえ」

「ふうむ」

波之進は麻次を見て、首をかしげた。

さっきの男の話といい、この男たちといい、ほんとに同じくじらを食ったのか。

たしか、いるかというのは、くじらの子どもなのだと聞いたことがある。すると、子どものうちは肉が軟らかかったりして、大きくなると脂っぽくなるのか。

そういえば、人間がまさにその通りではないか。波之進も数年前より顔が脂っぽくなった気がする。

「お前たちに頼みがある」

と、波之進は言った。

「なんです？」

「大島町に土佐耳屋というくじらを食わせる店があるんだが、そこでちょっとくじらを食ってみて、このあいだの味と同じか比べてもらえないか？」

「銭は？」

「もちろん、わしらが奢《おご》るさ」

そう言うと、ただなら丸々一頭だって食ってみせると喜んだ。

土佐耳屋に行くと、おやじはちょうど仕込みからもどったところだった。

「おや、昨夜の旦那方？」

「うむ。じつはおれたちは奉行所の者なんだ」

と十手を見せた。

「あっしは別に」

おやじは緊張したが、

「わかってるよ。あんたの商売のことじゃなくて、くじらの姿焼きが気になるのさ」

「なるほど」

「それで、この人たちが食ったそうなんだが、どうも変なんだ。それで、ちょっと試し食いをさせてもらえないかと思ってな」

「お安い御用で」

と、おやじは快諾してくれた。

かまどの火を入れるほどではないので、七輪でいくつかの部位を焼いてもらう。

「どうだ？」

と、波之進は二人に訊いた。

「うまいですね。くじらってうまいものですね」

「うん、うまい。脂もそんなには気にならねえし」

二人は満足げである。

「でも、このあいだのくじらとは違うのか？」

「違うんですよ。なんだろうな」

「あれ、焼くときになんか塗ってたじゃねえか。あのせいじゃねえか？」

と、片割れが言った。

「塗ってた？」

「ええ。粉みてえなやつを。あれでちっと、香りとか味が違ったんだな」

「あ、そうだ。塩といっしょに、なんかかけたりしてな」

と、もう一人も思い出したらしい。

「なにか独特の醬油や味噌《みそ》を使うんでしょうね」

わきからこの店のおやじが言った。

「いったい、どういうやつらだったんだ？」

食べるのは終わりにしてもらい、波之進はさらに二人に訊いた。

「どういうやつって……勝山の漁師だというから、そうなのかと思いましたが」

「ただ、ちっと荒っぽい感じはしたよな」

「まあな。でも、くじら獲る漁師だったら、それくれえじゃなきゃ、あんなでっかい魚は獲れねえだろうと思いますよ」

「そういえば……」

片割れがなにか思い出したらしい。

「どうした？」

「ちらっと小耳に挟んだのですが、なんでもあいつらの仲間がいま、小伝馬町《こでんまちょう》の牢屋《ろうや》にいるらしいですぜ」

「早く出て来てもらいたいみたいなことを言ってましたっけ」

「そりゃあ、いい話を聞いたぜ」

波之進は、ぽんと男の肩を叩《たた》いた。


「小伝馬町の牢に？」

四

次に波之進と麻次は小伝馬町の牢屋敷にやって来た。

ここは町奉行所が直接管理するところではない。石出《いしで》帯刀《たてわき》という牢屋奉行が管理していて、その家来たちが牢の番人をしている。

ここは単にお裁きを待つあいだに収容されるところで、禁固何年などという罰を受けて入っているわけではない。

ときに、お裁きがこじれ、長いあいだ収容される特殊な場合もあるが、本来なら囚人はさっさと出て行くところである。

では、なぜ奉行所の同心が詰めているかというと、お裁きのときにこの牢から奉行所まで連れて行ったりする役目もあるし、いちおう罪人の監視に対する責任もある。

だが、ここでは新人である浜井章兵衛《はまいしようべえ》は、獄吏たちの部屋とは別の詰め所にただ一人、女だったら繕《つくろ》いものでもしていそうな風情で、上がり口に腰かけていた。

「おい、浜井」

波之進が声をかけると、

「おっ、月浦」

顔を見て、浜井章兵衛が呆《あき》れるくらい嬉しそうな顔をした。

「よく来てくれたな。遊びに来たのか?」

「そんな馬鹿な」

なんで牢屋に遊びに来なければならないのか。

「仕事か?」

「当たり前だろうが」

「山野は相変わらずだぞ」

と、浜井はうんざりしたように言った。

「牢の中か?」

「ああ。あいつ、もしかしたら牢の中のほうが居心地がいいのかもしれないぞ」

「へえ、そいつはたいしたもんだ」

波之進は、浜井と麻次を外に残したまま、いま山野がいるという東の大牢《たいろう》の前に来た。

檻《おり》の前に座り、じいっと中を見る。

中はかなり暗いが、こっちからの光でどうにか顔は見える。雑巾《ぞうきん》で汗を拭《ふ》いたようなひどい臭いが押し寄せて来る。

二十人近い囚人が中にいた。波之進に鋭い視線を合わせてくる者もいるが、たいがいは無関心といった表情である。

山野族五郎はすぐに見つかった。畳を何枚も積み上げたところに座っている男と、なにやら雑談をしていたが、波之進を見ると、

「なんだ、月浦？」

と、こっちにやって来た。牢の中で見ると、まさに山賊である。

このとき、くじらの姿焼きの仲間は、すでに目星はついていた。

「いちばん右端に真っ黒い顔の男がいるよな？」

と、波之進は小声で山野に言った。

陽焼《ひや》けのようすが、陸で焼けたのとは違う。潮風になぶられながら焼けた黒さだ

った。

「ああ、角蔵《かくぞう》のことか」

「あいつは、なんでここにいるんだ?」

「女をめぐって坊主と喧嘩《けんか》になったらしいんだ。それで坊主を一晩中縛り上げて、頭に墨を入れたらしい」

「坊主の頭に墨?」

「悪戯《いたずら》したつもりだろうな。いくらきれいに剃《そ》り上《あ》げても、まるで毛があるように見えるとカンカンだよ」

「どういうやつだ?」

「漁師だよ。ただ、捕まったときには、なぜか刀を三本差していた。どれもなかなかいい刀だったそうだぜ」

「三本?」

波之進が首をかしげると、

「なあ、角蔵、おめえ、刀を三本差していたんだよな」

と、山野が直接訊いた。

「へっへっへ、おれは三刀流を学んでいるんでさあ」

と、角蔵は笑いながら言った。

「あいつの身元はどうなってるんだ？」

波之進は、山野に訊いた。

「安房の漁師で、魚を江戸に運んで来たところだったそうだ」

「いつ捕まったんだ？」

「十日ほど前だよ」

いるかの姿焼きのちょっと前なのだろう。

「まだ出られそうもないのか？」

「坊主がやけに怒っててさ。いろいろ寺社方のほうまで訴えてるらしいぜ」

それだとお裁きも長引くだろう。

「おい、角蔵さんよ。あんたの仲間に会ったぜ」

波之進が声をかけた。

「おれの仲間？　あいにくですね。おれは仲間なんて立派なものは持ってねえんですよ」

すべてしらばくれるつもりらしい。

五

「三刀流だってさ」

牢のほうから出て来て、浜井にそう言うと、

「三刀流？　ああ、聞いたことがあるな」

真面目《まじめ》な顔で言った。

「え？　ほんとにあるのか？」

「たしか、深川だったと思ったな。看板を見た気がする。三十三間堂の裏あたりだったような」

「看板を？」

すると、まんざら嘘《うそ》っぱちでもないのかもしれない。

「行ってみようか？」

と、波之進は麻次に言った。

「そこまで追いかけますか、月浦さんは？」

「麻次なら？」

「角蔵の野郎を絞め上げます」

「なるほど。だが、三刀流というのは面白そうじゃないか」

　というわけで、深川の三十三間堂に向かった。

　三十三間堂は観音さまを祀《まつ》っているが、むしろ弓矢の稽古場《けいこば》として名高い。四月にはここで通し矢という行事がおこなわれ、一昼夜かけて何本の矢を射られるかを競ったりするのだ。

　この周囲はやたらと人家が密集していて、怪しげな一画には岡場所もあったりする。番屋で三刀流の道場を訊いたが、わからなかった。

　そこで堂の真ん前の甘味屋で訊くと、

「三刀流？　真向《まっこう》三刀流？」

　と、知っているらしい。

「真向三刀流というのか」

「ええ。去年の暮れまで、その裏っ方で道場を開いていたんだ。髭《ひげ》を生やした妙な先生でね。剣術の先生らしくなかったよ。おい、おっかあ、髭の先生は、あっちのほうに引っ越したんだよな？」

　あるじはおかみさんに訊いた。

「そう。木場の向こうのほうに引っ越しちまった。近ごろは木屑《きくず》食べて生きてるって聞いたけどね」

「あっはっは。というわけで、木場の向こうを探してはどうですか？」

三刀流の先生は、尊敬こそされていないが、慕われてはいたらしい。

木場の後ろの平井新田。もうすこし行けば、六万坪と言われる湿地帯である。

通りすがりの人に訊くと、すぐにわかった。萱の原のなかにある掘っ立て小屋に看板が出ているらしい。

「ここだな」

大きな看板がかかっている。なるほど〈真向三刀流・師岡十三郎《もろおかじゅうざぶろう》〉とある。

「また、いかにも流行《はや》っていねえ道場ですね」

道場と言っても、小屋は小さくて、中で稽古などできそうもない。

「ご免」

外から声をかけると、

「なんじゃ？」

すぐに返事がした。

戸を開けると、張り立ての傘が並んでいた。髭の先生はもう一つの仕事に勤《いそ》しんでいたらしい。

「師岡十三郎どので？」

「いかにも」

髭は長いが、歳《とし》はまだ五十になっていないのではないか。

「貴殿の弟子について訊きたいのだが？」

「弟子？」

「漁師くずれの真っ黒いやつがいるだろう？」

波之進の問いの真意を探るようにじいっとこっちを見つめていたが、

「どうかな。わしに勝てば教えてやろう」

「立ち合えというのか？」

「真剣でとは言わぬ。わしが竹刀《しない》三本、そなたは一本、それでやろうではないか」

「いいだろう」

と、波之進は承知した。三刀流とはどういう剣なのか興味がある。

「だが、道場が見当たらぬが？」

「うむ。原っぱでやろう。剣術はそもそも外でやるものだからな」

「なるほど」

言うことは理に適《かな》っている。

だが、その剣はどんなものか。

師岡十三郎は左腰に二本、右腰に一本。ほんとに三本の竹刀を差した。我慢したが、つい笑いが洩《も》れてしまう。

「笑ったな」

「いや、失礼しました」

「もっとも、わしも相手がこれだったら笑うわな」

「あっはっは」

今度は遠慮なく笑った。

「では、行くぞ」

腰から竹刀を抜いたかと思うと、いきなり投げて来た。

手裏剣のように回って飛んで来る。

一太刀目、二太刀目と、竹刀は激しく回転する。しかも師岡十三郎は竹刀を投げると同時に、勢いよく突進してくる。

波之進はよく見極めつつ、竹刀二本を一連の動作で打ち落とし、眼前に迫った師岡の肩へ竹刀を振り下ろした。そのとき、師岡の竹刀も、波之進の胴を払っている。

ほぼ相撃ち。

互いに見つめ合い、

「見事だ。わしが一瞬遅れた」

と、師岡は言った。波之進もそう見た。

波之進がかろうじて勝ったわけである。

「さあ、教えてくれ」

「うむ。恥ずかしいが、この一派を立てて以来、弟子は一人もいない」

さすがに憮然《ぶぜん》とした面持ちで言った。

「そうなのか」

であれば、角蔵も学んでなどいない。

「三刀流はこの世に必要とされていない剣術らしい」

「だが、わたしも危なかった。名前から想像するほど妙な剣ではないと思った」

「では、あんたが最初の弟子、いや、わしの師匠になってくれ」

師岡は立ったままだが、深々と頭を下げた。

すっかり恐縮してしまった。師岡十三郎は人柄こそ多少奇矯《ききょう》なところはあるが、真面目に剣の道を追究していた。

しかし、町方同心である波之進には、とても道場の面倒を見る余裕などない。丁重にお断わりした。

それからまた麻次といっしょに小伝馬町の牢にもどって、角蔵に言った。

「おい、角蔵、驚いたぜ。三刀流というのはほんとにあるんだな」

すると角蔵は、

「え？」

という顔をした。

なにも知らず、口から出まかせを言っていたらしい。

つまり、波之進は半日を無駄にしてしまったのである。

だが、角蔵の刀が、ろくでもないことにからんでいるのは間違いなさそうだった。

六

こちらは八丁堀の波之進の役宅である。

弟の魚之進が、今日は昼過ぎから釣りに行くところだった。

本を一冊たもとに入れている。その本も買ったのではなく、近所のご隠居から借りたものである。

「行って来ます」

庭で大根を漬けていたお静に声をかけて来た。

「はい」

「今日はあまり釣れそうもありませんが」

魚之進は、空を見ながら言った。

「ご無理なさらず」

「もうすこしすると、ふきのとうを持ち帰れるのですが」

「そんなこと気にしてはいけませんよ」

冷飯食いの境遇に肩身が狭いのだ。武家の次男、三男は可哀《かわい》そうなのである。

お静はこのあいだ、魚之進を手習い所の師匠にするという案を思いついてから、相手は武士の娘だけでなく、商家の娘まで広げて当たってみることにした。

いっしょに教えられるような技芸を持った娘はいないかと訊いてみると、お静の実家の近くにある瀬戸物屋の次女・文江《ふみえ》がお琴の名手だそうである。文江ちゃんなら昔だが何度か遊んだこともある。

さりげなく当人に訊いてみると、考えてもいいという返事だった。

ただ、条件が出た。気づかれないよう、魚之進のふだんの暮らしぶりを見たいというのだ。それで隠しだてのない人となりがよくわかるはずだと。

魚之進がなにか疚《やま》しいことをしているとはまったく考えられないので、お静も構わないと返事をした。もしかしたら今日あたり、文江から後をつけられるかもしれなかった。

「波之進さんから聞きました？」

と、お静が出て行こうとしていた魚之進に声をかけた。

「え？　なんのことです？」

「この世のものとは思えない料理のこと」

「なんですか、それ？」

魚之進にはまだ言っていないらしい。

「波之進さんがお仕事でそういう料理を召し上がったんですって。なにやら、ものすごく贅沢な料理ではあるようです」

「ふうん」

「食べたいでしょ。皆にごちそうしてくれるそうですよ」

「わたしは別に」

「あら」

「だいたいわたしはいまの毎日の飯に完全に満足していますので」

「あれで？」

「ええ、たぶん、その大根漬けもすばらしくおいしいものになると思います」

と、魚之進はお静の手許を指差した。

「そうですか」

「これはお世辞じゃなく、母の料理より、お義姉《ねえ》さんの料理のほうがはるかにおいしいですからね」

「そんなこと言っちゃ駄目よ、魚之進さん」

「でも、本当のことですから」

「………」

お静は困ってしまうが、そう言われて嬉しくないこともない。

「母の料理は、いいにつけ、悪いにつけ、武家の料理でした」

「武家の」

お静は商家の出なので、一瞬、どきりとする。なんとか武家の嫁らしくなろうと、日々気を使っていることでもある。

「頑固で、簡素でした。たとえば、沢庵《たくあん》なら大根と塩の味しかしませんでした」

「それは大事なことですよ、魚之進さん」

「大事？」

「ええ。ああいう漬け物みたいに毎日食べるものは、あまり複雑な味にするより、簡素な味にしておいたほうが、飽きずに食べられるのです」

「おっしゃることはわかります。わたしも、それはそれで悪くないと思います。だから、またあの料理を毎日食べることになったとしても、わたしは文句を言ったりはしないと思いますよ」

「だったら、それはそれぞれの家の味ということよ」

「うん。でも、お義姉さんの味を知ると、こっちのほうがうまいと思うのも、正直な気持ちなんです」

「いろいろ考えると、難しいのね、料理は」

「なあに、簡単においしくすることはできるんですよ」

「どうするの？」

「食べる前に、一里（約四キロメートル）ほど走ってくればいいんです。腹が減っていれば、どんなものでもおいしくなります。腹も減っていないのに食べたがるやつが、味についてごたごた吐《ぬ》かすんですよ」

「たしかに」

お静は思わず笑ってしまった。

七

波之進は、角蔵の剣術仲間の悪巧《わるだく》み——という線も考えていたのである。だが、角蔵に剣術の仲間などいない。

期待は外れた。別口から探らなければならない。

波之進と麻次は、霊岸島の南端にあるお船手組の詰め所に向かった。そこには船見番所があり、日夜、大川をさかのぼる船に目を光らせている。

であれば、あの焚火を見逃がしているはずがない。

「ご免」

と、番所に顔を出すと、四人ほどの男たちが火鉢に手をかざしていた。

「町方の者だが、ちと訊《たず》ねたいことがありましてな」

「なにかな？」

「十日ほど前、怪しい連中が、越中島でいるかを焼いて食っていたらしい。それについて、お船手組でご存じの方は？」

怪しいかどうかまだわからないが、その言葉はわざと入れた。でなければ、町方が動く理由がなくなる。

「いや、知っている。夜中に火が見えたので、こっちから船を出し、確かめてある」

いちばん年嵩《としかさ》の男が、波之進を見て言った。その目は、町方が水のことに口を出すなと語っている。

「なんだったので？」

「安房の勝山の漁師たちさ。大昔にあった海の行事を復活させたいと申しておってな」

「海の行事？」

「水神さまを祀るというから感心なやつらだよ。世の中、なにが大事って、水神さまほど大事な神さまはおらぬからな」

「そうなので？」

「そりゃそうだろうが。水がなければ人間は生きていけまい。米がなくたって、うどんやそばを食えばいい。だが、水の替えは利かぬ」

「はあ」

「そういう意味で言うと、お船手組というのは大事な仕事だよなあ」

どういう意味だかわからない。

「では、なにかあっても、お船手組で責任が取れるということでよろしいですか」

波之進は、年嵩の男をまっすぐ見て言った。

相手が誰であろうと、波之進はなかなか引かないところがある。そこがお前の唯一の欠点だと、上司から言われたことがある。

「ううっ」

年嵩の男はたじろぎ、

「町方が怪しいというなら調べたらよかろう。だが、わしらは協力せぬぞ」

と、不愉快そうに言った。

永代橋の近くまで来て、

「なあ、麻次。水神さまを祀るのはけっこうだが、なんであんなところでやらないといけないのだ」

と、波之進は言った。

「ええ。あっしもそう思いました。別に鳥居だの祠《ほこら》だのがあったわけでもねえ、ただの葦が繁《しげ》る湿地ですよね」

「そこらのことは訊いてもどうにでも言い訳はできるんだよな。方角がどうしたとか、こういう謂《い》われがあるとか」

「まあ、そうでしょうね」

「ということは、そっちから探っても無駄かもしれぬ」

「あっしが神社などを当たってみてもかまいませんぜ」

と、麻次は言った。無駄足を億劫《おっくう》がらない。それは有能な岡っ引きの証明のようなものだ。

「いや、待て。くじら一頭を焼くとなったら、膨大な薪《まき》が必要になるよな」

「たしかにそうですね」

「それを舟に積んで、ここまで来たのかな」

「どうですかねえ。薪くらいなら、現地で調達したほうが楽でしょう」

「そっちを当たってみるか」

「わかりました」

というので、深川界隈の薪炭屋《しんたんや》を当たることにした。

この調べにはこの日と、翌日の夕方までかかってしまったが、麻次が見事に探し出した。なんと深川ではなく、佃島《つくだじま》の薪炭屋で購入していた。

「佃島か。なるほど」

「海から来て、途中で寄るなら佃島だろうと思いまして。それで、十日ほど前に漁師が来て、薪を二十束、買って行ったそうです」

「ほう。使《つか》い途《みち》とかは言ってたのかな」

「いや、なにも言ってなかったそうです」

「次は五十束、用意しておいてくれとか、そういう話はなかったのかな」

いるかで二十束要ったなら、くじらなら倍でも足りないだろう。薪炭屋が、五十束置いていないということはないだろうが、万が一、足りなかったりしたら、面倒になるはずである。

「それがなかったんです」

「ふうむ」

おかしい気がする。

麻次と手分けして、さらにほかの薪炭屋も当たった。だが、訊ね歩いた十店ほどの薪炭屋はどこも、そんな注文は受けていない。

「あそこらの葦でも刈り集めて束にすれば、薪の代わりになるか」

と、波之進は言った。

「いや、ここらの葦は刈る者が決まっているはずです。そんなことをしようものなら、大騒ぎになりますよ」

「では、どうするつもりなんだろう?」

波之進は首をかしげた。

八

「どうだ、月浦?」

市中見回り役の与力・安西佐々右衛門《あんざいさざえもん》が声をかけてきた。

「ええ。どうにかやっています」

「深川は奥が深いだろう？」

「ほんとにそうですね。昨日、かんたんな報告書を出しておきましたが」

与力は忙しいので、昨日の報告書ならまだ読んでいなくても仕方がない。

「読んだ。くじらの姿焼きというのは驚いた」

「はい。そんな祭りがあるのでしょうか？」

明日あたりは、やはり海や水にまつわる神社を訪ねて、そうした祭りがあるのかどうか訊いてみようかと思っている。手がかりが少ないのだ。

「じつは、わしも気になって、今日、佃島の住吉神社と、築地の波除稲荷《なみよけいなり》にも問い合わせてみた」

「それはどうも」

「くじらを一頭、生贄《いけにえ》に捧げるような祭りのことを聞いたことがあるかとな」

「どうでした？」

「まったく知らないとさ」

「そうですか」

「住吉神社の氏子《うじこ》はもちろん漁師が多い。その漁師たちも、そんな祭りは聞いたことがないそうだ」

「では、お船手組の同心に言った話は、まるっきり嘘だったのですね」

「だろうな。まったくお船手組の連中ときたら、すっかりたるんでいるからな」

安西はひどく苦々しい顔をした。

「そうなのですか？」

「ああ。ここんとこ、どうも抜け荷の品らしいものがずいぶん入って来てるのだ」

「抜け荷！」

「まだ阿片《あへん》は見つかっていないが、あいつらがたらたらしていると、いつ、持ち込まれるか、わかったものではない」

「抜け荷が増えているのですか……」

「どうした？」

安西は、波之進の顔をのぞき込むようにした。急に深刻な顔になったので、心配したらしい。

「いるかを食べた連中は、いつものくじらと味が違うと言ってたんですよ」

「ほう」

「それってもしかしたら、南蛮の胡椒《こしょう》などを使っていたんじゃないでしょうか」

「なるほど」

「安西さま。抜け荷というのは、入るだけではないですよね？」

「どういう意味だ？」

「つまり、こっちから持ち出すものもあるのでしょう？」

「それはそうさ。帰りの船が空だったら、勿体《もったい》ないだろうし」

「こっちから持ち出される品というのは、どんなものがあるのでしょうか？」

「干しあわびは人気があると聞いたことがあるな」

「へえ、干しあわびが」

「あとは絹織物なども抜け荷のほうが高く売れると聞いたな」

「絹織物ねえ」

「あ、そうだ。日本の刀というのは、抜け荷の大事な品になる」

「刀！」

「あれほど斬《き》れ味のいい刀は、世界のどこでもつくることができないらしいな」

角蔵は、刀を三本差していたのだ。

「そうか、抜け荷がからんでいるのか。ん？　待てよ。わかった！」

波之進は、ぱんと手を叩いた。

九

役宅にもどり、晩飯を食べながら、

「あの話はどうなった？」

波之進はお静に訊いた。数日前、瀬戸物屋の娘のことを聞き、波之進も気になっていたのだ。いまは波之進も、お静と同様に手習いの仕事は魚之進にぴったりのような気がしている。

「はい。今日、文江さんからお返事をいただきました」

硬い顔なので、返事の見当はついた。

「かなり変わった方ですね、と」

「どんなふうに？」

「魚之進さんは、歩きながらでも、いろいろ拾って歩くんだそうです」

「ああ、それな」

子どものころからそうだった。だが、それは波之進だってしていたことである。いまでこそ人目があるのでしなくなったが、拾うというのは人間の本性なのではないか。非難されることではない気がする。

「文江さんは汚いでしょうと言ってました」

「汚いものは拾わないさ」

「でも、紙屑《かみくず》拾いみたいだと。しかも、虫の死骸《しがい》まで拾ったと、驚いてました」

「それはたぶん、その虫が変わったものだったからじゃないかな。あいつに言わせると、虫というのは変なものが生まれやすいらしいぜ。それでつい興味を持ってしまったんだろうな」

「それに、釣りをしていても、わきの橋の上を通る人の数をかぞえてみたりするんですって。釣《つ》り竿《ざお》などはほとんど見ていないらしいです」

「それは、あいつなりになにかを見定めようとしているんだよ。たとえば、流行《はや》りの柄を着ている人は何人いるかとか」

「そうですよね。わたしもそれは言ったんです。魚之進さんは、目のつけどころが違っているだけで、けっして愚かな人ではありませんと」

「だが、断わったんだろう？」

「はい。月浦波之進さまの弟というから、もうすこししゃきっとなさっている方かと思いましたと」

それを聞いて、波之進の顔が怒りで赤くふくらんだ。

「なにを生意気言ってやがる。あいつの思慮深さが感じ取れなくて、なにが琴の名手だ。笑わせるな。お静。もう、あそこの瀬戸物屋からは茶碗《ちゃわん》一つ買うんじゃねえぜ！」

十

三日後の夜――。

一月も末で、細くなった月はほとんど地上を照らす力はなかった。

満潮どきで、沖からの波は葦の茂るあたりでざわざわと音を立てていた。

「来たな、あれだろう」

と、安西佐々右衛門がつぶやいた。

「そうだと思います」

地上のほうにうっすらと明かりがあるため、その巨大な影が見えた。

くじらだった。くじらが江戸湾の奥にまで上がって来ていた。

まさか自力でこんなところまでは来ない。それを引いている舟がある。だが、たった二艘《そう》。それであの巨大なくじらが引けるものだろうか。

すれ違った舟がいた。

夜釣りに行く漁師の舟だった。

「おっ、くじらじゃねえのか。そうか、姿焼きをやるのか」

と、漁師は声をかけた。

「そうなんだよ」

くじらを引く舟から返事がした。

「また、食わせてもらえるかい？」

「もちろんだ。用意があるので、明け方あたりからになっちまうだろうがな」

「おう、楽しみにしてるぜ」

くじらが岸につけられた。この前いるかの姿焼きがおこなわれたときより、もっと永代橋寄り。大名屋敷のすぐ近くである。

「間違いないな」

と、安西は言った。

安西や波之進が乗った舟も、ゆっくりそのくじらの後をつけていた。

「はい」

「月浦。よくも見破ったな。大手柄だ」

「ありがとうございます」

目が闇《やみ》に慣れ、だんだんかたちがはっきり見えてきた。

かたちはくじらだが、くじらではなかった。樽廻船《たるかいせん》を改装し、真っ黒いくじらのかたちに似せていた。

この船を江戸湾の奥まで入れ、ここで堂々と抜け荷の取り引きをしようとしていた。

もちろん、お船手組も抜け荷の警戒はしている。それで、沖のほうはかなり厳しく取り調べをつづけている。沖に停《と》めた船とのあいだを往復するはしけなどは、ぜったい見逃さないと。

その裏をかいて、いっきに岸まで着けて、荷を下ろし、新たな荷を積んで行くつもりなのだ。

そのために、いるかの姿焼きを仕掛け、その巨大なくじらを持ってくると、思わせておいたのだ。これでたとえ漁師に見つかっても、通報されることもなく、頓馬《とんま》なお船手組は水神の祭りと思うだけだった。

「食いたくて、ほかの町人が押し寄せて来ることを心配しなかったのかな?」

と、安西が言った。

「そこは連中も心配したみたいで、漁師じゃないのがまぎれ込んだりすると、ひどい目に遭わされるという噂《うわさ》もいっしょにばら撒《ま》いていました」

波之進が答えた。

「よし、行くぞ！　火を点《とも》せ！」

安西が後ろに向かって叫んだ。

深夜の大捕物になった。

真っ黒い布を張った抜け荷の樽廻船の周囲に、松明《たいまつ》をかざした十数艘もの町方の小舟が群がった。

それはまさにくじらの姿焼きのようだった。

十一

捕物の現場から二町ほど離れたあたり。

屋形船が浮かんでいた。

明かりも消えた部屋のなかに、数人の男たちの気配があった。

男たちは、捕物騒ぎを愕然として見つめていた。

「御前……」

と言った男の声はひどく緊張し、

「なんということだ。見破られたのかっ」

御前と呼ばれた男は怒りに震えていた。

「そのようです。申し訳ありません」

「町方の連中ではないか」

数十の御用提灯が揺れているのが、ここからも見えている。

「はい。お船手組はすっかり騙されていますし、すべての細工はうまくいったと思っていたのですが」

「探ったのは？」

「味見方の同心だったようです。まさかあんなところまで探ってくるとは、思いもよりませんでした」

「なんということだ。わしらのためにとつくらせた部署が、災いしたのか」

「申し訳ありません」

「その同心の名は？」

「月浦波之進と申すものです」

「では、この前、〈百川《ももかわ》〉で顔合わせをした同心ではないか？」

〈百川〉というのは、日本橋にある料亭で、江戸でもいちばんと噂があるくらい高級な店である。

「そうです」

「筒井に気づかれると厄介だぞ。あの男はしたたかだ」

筒井とは、南町奉行筒井和泉守のことらしい。

「いや、筒井はまだなにも知らぬはず」

「だが、このあいだ、あの男に例のものを食わせたではないか」

「あれを食ったからといって、なにかわかるわけではありませぬ」

「どうかな。くじらの姿焼きというだけで、ここまで見破られたのではないか」

「はっ、それは……」

「凡庸な男ではなかったのか」

「あれのおやじが凡庸でしたし、まさかここまで切れる者が町方の同心にいるとは……」

「始末しよう」

と、御前と呼ばれた男は言った。

「始末するのですか？」

「ああ。生かしておけば、筒井と組んであらいざらい探られるわ」

「わかりました」

そんなやりとりのあと、屋形船は静かに上流の闇へと消えて行った。

十二

お静の大根漬けができた。

「兄貴は？」

「昨夜、大捕物になったので、今日は昼から出ることになったんですって。まだ、ぐっすり眠っています」

「へえ、珍しいな」

「いっきに何十人も捕縛することになって、凄かったみたいですよ。奉行所のほうでも、海に落ちる人もいたりして、怪我人《けがにん》も出たそうです」

「そりゃあ大変だ」

「魚之進さんは同心になんかならないほうがいいかもしれませんよ」

「大丈夫。なりたくてもなれませんから」

と、魚之進は笑った。

「そんなことはわかりませんよ。でも、魚之進さんにも悪人たちが捕まったから話せるんだけど、くじらの姿焼きなんて、凄いものが出て来るかもしれなかったんですって」

「くじらの姿焼き？　なんですか、それ」

「食べてみたいでしょ？」

「でも、くじらはかなり脂っぽいですよ」

「あら、食べたこと、あるの、魚之進さん？」

波之進は、今度のことで初めてくじらを食べたと言っていた。

「ちょっとだけですがね。わたしは食べものというのは、いちおういっぺんは食べてみることにしているんです」

「そうなの」

ぼんやりしているようで、魚之進には、はしっこいところもあるのだ。

「それにしても、この大根漬け、どうしてこんなにうまいんですか？」

魚之進はいい音を立てながら、大根漬けを食べた。

「あら、そんなにおいしい？」

「砂糖なんか使ってませんよね？」

「使ってませんよ」

「でも、この甘味は大根だけじゃないでしょう？」

「干《ほ》し柿《がき》をすこしね」

「そうか、干し柿の甘味か」

「それと蜜柑《みかん》の皮も使ったけど、あれからも甘味は出るのかしら？」

「ああ、出るのかもしれませんよ。お義姉さんのすることを見てると、武家の娘より、町家の娘のほうが、いろんなことを身につけているのかもしれないと思ってしまいますよ」

と、魚之進は言った。

「どうかしらね」

たぶん魚之進は、褒めてくれたのだろう。

だが、このあいだの瀬戸物屋の娘のことがあるから、お静はなんとなく後ろめたい。もちろん、お静のひそかな試みのことは、まったく話していないけれど。

「ほんとに、こういう簡単そうな料理を、こんなにおいしくつくってくれる義姉さんは凄いですよ」

「まあ。そんなに褒めてもらったら、つくりがいもあるってものよ」

お静はそう言って、魚之進の肩をぽんと叩いた。近ごろ、自分の本当の弟のように可愛《かわい》く思っている。

第四話　鍋焼き寿司

一

「よう、味見方」

と、定町回りの市川一角《いちかわいっかく》が手招きをした。

市川はもう五十過ぎの長老格で、いつもそろそろ隠居したいと言っている。息子も二人いるが、ただ長男のほうはどこか身体の調子がよくないらしく、次男を見習いにするか、迷っているところらしい。

「なんでしょう」

波之進は、机で三人分ほど離れた席にいる市川のところに行った。

「今日、面白い話を聞いて来たんだ」

「それはそれは」

「鍋焼きうどんは知ってるか？」

「ええ。大坂で流行《はや》っているやつでしょう。江戸でも一人二人、気の早いのが出て来ているみたいですよ」

「そう。あれはうまい食いものだよな」

「いや、わたしはまだ」

「そうか。味見方なら、ぜひ食うべきだ」

「鍋焼きうどんのことでしたか」

正直、すこしがっかりした。

「そんなことでいちいちそなたを呼ぶものか。じつは、人形町界隈に鍋焼き寿司というのが出現した」

「鍋焼き寿司！　寿司を鍋で焼くんですか？」

それは驚きの料理である。本当にあればだが。

「実物はわからぬ。あのあたりの番太郎に聞いた話で、その者も食ったことはないそうだ。かなり値も張るらしいし、出て来るのがだいぶ夜中になってからみたいでな」

「それは知りませんでした」

「悪事がからむかどうかはわからぬぞ」

「ええ。新しいからといって、別に悪いわけではないですからね。でも、新しい食べもののことは、やはり味見方として把握しておきたいと思います」

外に出て、岡っ引きの麻次を探した。

もうじき暮れ六つで、あたりはかなり薄暗くなっている。

岡っ引きはやたらと奉行所の中には入れない。たいがいは縄張りの番屋でいっしょになるが、麻次はできるだけ波之進の仕事を手伝ってくれることになり、夕方、奉行所の前にある小者のたまり場に顔を出すことが多い。

やはり、麻次はいた。

「よう、来てたかい」

「ええ、月浦さまの御用がありそうな気がしまして」

「じつは、面白い話を聞いたんだ。人形町に鍋焼き寿司ってえのが出現するらしい」

「は？」

「鍋焼きうどんは知ってるよな？」

「いえ、なんですか、それは？」

「四谷あたりじゃまだ出ていないか。大坂ではいま、大流行していて、江戸でも日本橋界隈に目端の利《き》くやつがもう商いを始めているのさ」

「鍋焼きうどん……」

想像がつかないという顔をした。

「ところが、それに引っかけて、鍋焼き寿司というのが現われたらしい」

「なんですか、それ？」

鍋焼きうどんの存在も知らなかったら、鍋焼き寿司はますます想像できないだろう。焼いたまぐろが焦げた飯に載っているのを思い浮かべても不思議はない。いや、じっさいそういう料理かもしれないのだ。

「出没するのは人形町らしい。いっしょに行ってみないか？」

「それはもう、ぜひ」

麻次も食い道楽に目覚めつつあるのだ。

というわけで、人形町に向かった。

着いたときは、すでに暮れ六つ過ぎ。

人通りもだいぶ少なくなっている。ふつうの物売りは、暗くなれば店を閉め始めるが、食いもの屋はまだしばらく明かりを点《とも》して営業する。

「その鍋焼き寿司は店を構えているんですか？」

と、麻次が通りを見ながら訊《き》いた。

「いや、夜中に出て来るというから屋台だろう」

波之進は、店を閉めようとしていた下駄《げた》屋のおやじに声をかけた。

「よう、おやじさん。ここらに鍋焼き寿司というのが出るらしいな？」

「鍋焼き寿司？　それは知りませんね。すぐそっちに大坂から来たうどん屋ができて、鍋焼きうどんてえのもやっているらしいですが」

「最近できたのかい？」

「ええ、江戸でうどんは駄目だろうとか皆言ってたけど、けっこう流行っているみたいですね」

「へえ」

根づくかどうかはともかく、新しいもの好きは多いのだろう。

そのうどん屋で訊いてみることにした。

うどん屋の店構えは古く、居抜きで買ったのかもしれない。〈鍋焼きうどん〉という大きな文字の幟《のぼり》が、入口のわきに立ててある。

のれんをくぐると、なるほど、すでに客でいっぱいになっている。麻次は十手をちらつかせておいて、

「あんたのところは鍋焼きうどんもやってんだな」

と、あるじに声をかけた。波之進は麻次の後ろにさりげなく立つ。

「へえ、それが売りでして」

「江戸じゃお前のとこだけかい？」

「ほかのところは知りませんが、そっちの瀬戸物町のほうに屋台の鍋焼きうどんが出てるとは聞きましたぜ」

「ここが江戸で一番じゃねえんだ」

「あいにくと」

「ところで、ここらに鍋焼き寿司なんぞという屋台の店が出るらしいんだが、あんた、なにか知らねえかい？」

「ああ、一度、声を聞きました。なんですか、ありゃ。もしかしたら、鍋焼きうどんと張り合おうってのか、あるいは馬鹿にしてるのかって思いました」

「張り合ってくるやつってのは、よくいるのか？」

と、後ろから波之進が訊いた。

「いや、うちは特にないですね」

「その鍋焼き寿司を買った者はいるのかい？」

「どうでしょうかねえ」

それ以上はなにも知らないらしい。

波之進はうなずいて、

「麻次、せっかく来たんだ。こっちも食って行こうぜ」

「ええ、ぜひ」

麻次は嬉《うれ》しそうに笑った。

ちょうど縁台が空いた。

「二つくれ」

「へえ。卵は落としますか？」

店のあるじが訊いた。

「落としたほうがうまいかい？」

「そりゃあ、もう」

「だったら落としてくれ」

卵は高級品である。卵なし四十文（およそ千円）が六十文になった。

鍋焼きうどんは土鍋で煮られ、ぐつぐついいながら出てくる。やけどしそうになるくらい熱い。これをふうふう吹きながらすする。ネギやチクワ、キノコやかまぼこなどもいっしょに煮込まれ、うどんにそれらの味もよく沁《し》み込んでいる。

二口三口すすって、

「これは寒いときにはなんとも言えないな」

と、波之進は店のあるじに言った。

「でしょう」

あるじは自慢げに微笑《ほほえ》んだ。

汁を飲むための大きな匙《さじ》がついている。熱い汁を飲むのにこれは便利である。

「とうがらしをたっぷりかけて、辛くして食うとあったまりますぜ」

波之進はあるじの勧めに従ってみる。そういえば、雷うどんの店主もやけにとうがらしを勧めていた。うどんととうがらしは相性がいいのかもしれない。

「こうかい？」

耳かきみたいな匙で七味とうがらしを二、三杯入れた。

「そんなもんじゃなく、その五倍ほど」

「ほう」

なるほどうまいし、これはあたたまりそうである。

「大坂じゃ流行ってるのか」

「流行り過ぎてまして、いまさら大坂でやっても駄目だから、まだ流行っていない江戸でやってみようと」

「出て来たわけか」

「昔、江戸にいたことがありましてね」

「なるほど。だが、そばは暑いときのほうがうまい。ざるのうまさはなんとも言えねえ」

「そうですね」

「うどんは寒いときだよな。なんでだろうな」

「うどんは太いからじゃないですか」

「太いと寒いときにいいのか？」

「太いほうが温かくしたとき冷めにくいでしょ。それをずるずるっとね」

波之進は、なるほどとうなずいた。

二

昨夜は結局、夜四つ（およそ十時）くらいまで人形町界隈をうろうろしたのだが、鍋焼き寿司の屋台は見つからなかった。

「ま、いいか。変なものを食わせて、無理やり高い代金をふんだくるとかいうんなら別だがな」

波之進はそういうことで、鍋焼き寿司は放っておくことにした。

味見方としては、ひとつの変な食いものにばかりこだわっていられないのである。

その三日後である――。

この晩は宿直に当たっていたため、奉行所に泊まり込んでいたのだが、早朝、人形町の番屋の番太郎が、

「た、大変です。殺しが起きました！」

と、駆け込んで来た。

「どこだ？」

仮寝をしていた波之進が飛び起きた。

いっしょに宿直に当たっていた市川一角を見ると、夜中まで見回りをして来たため、布団でぐっすり寝込んでいた。

「よし、おいらが一足先に駆けつけるので、市川さんは準備ができたら来てくれるように言っといてくれ」

そう言って、やはり宿直だった中間《ちゅうげん》二人とともに人形町へ向かった。

陽《ひ》が顔を出したばかりである。夜の名残りがまだ未練たらしく用水桶《ようすいおけ》の裏あたり

に残っている。

町もようやく起き出したばかりで、道に人けは少ない。

「あそこです」

一町（約百九メートル）ほど手前で番太郎は先のほうを指差した。

人形町の通り沿い。このあたりの路地を入ったところに、いなくなった猫が帰って来るというご利益で知られる三光稲荷《さんこういなり》があったはずである。

看板が出ている。〈一二三屋〉と書いてある。

「なんと読むんだ？」

波之進は、案内して来た番太郎に訊いた。

「ひふみ屋というんです」

「なにを売ってる店なんだ？」

「算盤屋《そろばんや》です。自分のところでつくった算盤を売っています」

「なるほど」

そう聞くと、一二三屋という屋号は腑《ふ》に落ちる。

「その筋では有名な算盤で、これでなければ駄目だというお店者《たなもの》がいっぱいいるらしいです」

「ほう。それで殺されたというのは？」

「あるじです。明け方、手代が見つけて騒ぎになりました」

「よし、わかった」

波之進はそう言ったところで、店の中に入った。

表から入り、廊下を奥へと進む。

だいぶ奥まったあたりの廊下で、男が倒れていた。

「旦那さまです。名前は数右衛門《かずえもん》です。あたしが二階から厠《かわや》に行くのに降りて来たとき見つけました。もう冷たくなってました」

町方の到着を待っていた手代がぼんやりした口調で言った。

波之進もいちおう首に手を当て、脈を確かめる。ぴくりともしない。

遺体はうつ伏せである。腹を刺されたらしく、かなりの血が床に流れていた。

「遺体は動かしたかい？」

「顔に触ったりはしましたが、動かしてはいません」

「それはよかった。皆、そっちに下がってくれ。このあたりはいっさい触らないでくれ」

と、波之進は、ほかの男たちに言った。

あたりを見回す。凶器は落ちていない。

土間に足跡が散らかったみたいに残っているが、なにか特定できるものではなさそうである。

わきに戸があり、閂《かんぬき》はかかっていない。

「そこは？」

と、手代に訊いた。

「中庭に出るところです」

「外じゃないのか？」

「ここから直接外には出られません」

波之進は十手を構え、戸を開けた。逃げそびれた下手人がひそんでいるかもしれない。

足元に血の跡がある。

左手にも戸。

「そっちは？」

ついて来た手代に訊いた。

「中に入る戸です。台所につながっています」

塀にも戸があり、ここはちゃんと閂がかかっている。外からは入って来られなかったことになる。

右のほうに行くと中庭に出た。別棟があるが蔵ではない。

「そこは？」

「算盤をつくっているところです。旦那さまは工房と呼んでました。二階に住み込みの職人が一人います」

手代がそう言ったとき、若い男が寝巻を着たまま出て来た。起きて、顔を洗うところらしいが、波之進と手代を見て、不思議そうな顔をした。

「旦那さまが殺されたんだ」

手代がそう言うと、啞然《あぜん》とした顔で、

「誰に？」

と、訊いた。

断言はできないが、この男は下手人ではない。

いちおう一階と二階に誰かひそんでいないか確かめ、遺体のところにもどった。

さっきも奇妙に思ったのだが、倒れているわきに算盤がある。

どうも、当人がはじいたように見える。もしかしたら、ここの戸の外で刺され、中に逃げてから、算盤をはじいたのか。

死ぬまぎわまで、財産の計算でもしたかったのだろうか。

「はじいてるな？」

と、波之進は手代に訊いた。

「はい」

「どういう数だ？」

波之進はあまり算盤を弾いたことはない。町人が行く手習い所と違って、学問所は算盤など教えない。それに両手の指を使えば、たいがいの勘定はできてしまう。

「もし、勘定したとすれば、百二です」

「百二文ということですか」

わきにいた番太郎が言った。

「いや、文てことはない。両だろう」

と、波之進が言った。

ほかにも店の者たちがいて、皆、

「百二両？」

と、首をかしげた。

「数右衛門は、誰かに百二両を貸しているとかいうことはないか？」

と、波之進は訊いた。

「百二両を？　もしかしたら、貸しているかもしれません。旦那さまは頼まれると、なかなか嫌とは言えない人でしたので。ちょっとすぐには。帳簿を見てみませんと」

と、手代が言った。

「蔵はないのか？」

「蔵はありませんが、向こうに金庫はあります」

その前まで行ってみる。

「ここです」

小さな座敷牢のようなところで、鍵がかけてある。こじ開けたりした形跡はない。中に壺《つぼ》が二つほど置いてあるのが見えた。

「たぶん、あの中に小判が入っています。旦那さまでないと、ここの鍵は開けられません」

「番頭は？」

「うちは、番頭という者はいないんです。手代は三人ほどいますが」

「家族は？」

「おかみさんがいましたが、先月、出て行ってしまいました」

「恨《うら》んでいるとか？」

「それはないと思いますが」

と、微妙な顔をした。

そのとき、市川一角の声がして、数人の小者といっしょに奥へやって来た。

「お、月浦、悪いな」

「いいえ、ここは動かさないでくれと言ってあります」

「それは助かった」

市川にはざっとここまでわかったことを伝え、あとは任せることになった。

三

三日ほどして——。

外回りから奉行所にもどると、与力の安西佐々右衛門が声をかけてきた。

「どうだ、調子は？」

「ええ、なんとか。それより、くじらのほうはどうです?」

いま、二十人ほどの男たちが奉行所の牢と小伝馬町の牢屋敷《ろうやしき》とに分けて収監され、取り調べがつづいている。

「うむ。あれで全員ではないな」

と、安西は言った。

「そうでしょうね。裏もあれば、根も深いと思います」

なにせ、あれだけの船と人を用意できるのだ。かなり大がかりな抜け荷の一味がいる。

「お奉行はなんとか背後まで探りたいと言っている」

「それはやりがいもありますね」

「うむ。それはそうと、人形町から堀留界隈で屋台の連中のようすが騒がしいらしいぞ」

「と、おっしゃいますと?」

「鍋焼きうどんの屋台が出るようになったんだってな」

「あ、そうです」

人形町の店のあるじもそう言っていた。

「瀬戸物町から堀留、人形町と流して歩くらしい。それを夜鳴きそば屋のやつらが怒って、いまにも喧嘩《けんか》が始まりそうらしい。あのあたりの岡っ引きには、騒ぎを起こさせないように言っておいたが、味見方でも動くか？」

「もちろんです。それはわたしの仕事ですよ。すぐに対処します」

外を見ると、まだ麻次がいたので、いっしょに日本橋の北側へと向かった。

堀留の堀江町には、玄太《げんた》という岡っ引きがいる。麻次も何度か会ったことがあるらしい。堀江町の番屋にその玄太を呼び出してもらい、

「夜鳴きそば屋の連中が騒いでいるらしいな？」

と、訊いた。

「そうなんです」

「要は客の取り合いだろ？」

「ええ、夜鳴きそば屋同士で縄張りの了解ができていたところに、鍋焼きうどんの屋台が割って入ったわけです」

店を構えられるとケチはつけにくいが、屋台となると、よそ者だし、新米でもある。しばしば揉《も》めごとの原因になるところである。

「だが、そばとうどんは違うしな」

「違うんですが、そば屋の中にはうどんも扱うところがありますしね」

「そうか」

「しかも、この鍋焼きうどん屋がちっと生意気な野郎で、やくざまでからんで来そうな雰囲気なんです」

「なるほどな」

波之進はうなずき、

「いっぺん、その鍋焼きうどん屋に、夜鳴きそば屋たちに挨拶させるか。そのときに、一杯ずつそのうどんをこういうものですと食ってもらうんだ。さらに、そばはぜったい扱わないと約束させる。あとは、うどん対そばの正当な競い合いで、うまいほうが勝ちだ。納得いかないのなら、奉行所のほうで営業を停止させる。というようなことでどうだい？」

と、玄太に意見を求めた。

「いや、てきぱきしたお裁き、見事なものです。言うことなしでしょう」

玄太も賛成し、縄張り内の四人の夜鳴きそば屋と、鍋焼きうどん屋を、堀江町の番屋の前に集めさせた。

まず、鍋焼きうどん屋に挨拶をさせた。さらに、通る道筋とだいたいの刻限も約束した。これで、顔を合わせたくないなら避けることもできる。

それから、波之進が言ったとおり、

「これが大坂で大流行りの、鍋焼きうどんというやつです」

と、夜鳴きそば屋に食べさせ、感想を求めた。

「これがな」

「なるほど」

「こりゃあ、寒いときに食ったらうまいな」

「だが、おれたちのそばみてえに、頼んですぐ食えるってことにはならねえな」

「値も張るし」

「冬、金のあるやつが相手だな」

ということで、喧嘩沙汰になりそうな騒ぎも円満に解決した。

「ところで、あんたたちに訊きたいことがあるんだ。人形町あたりに、鍋焼き寿司を売って歩く者がいるらしいな」

と、波之進が訊いた。

ほとんどが首をかしげたが、夜鳴きそば屋のうち一人だけ、

「見ましたよ」

と、言った。

「見たか？」

「鍋焼き寿司ってなんだ？　と訊いたら、穴子の寿司だと言ってましたがね」

「ほう」

「穴子の匂いもしてたから、嘘《うそ》じゃねえと思いました」

では、もしかしたら、穴子を煮るだけじゃなく、うなぎのように焼いたりするのだろうか。だが、鍋で焼くというのは想像できない。穴子は柔らかくて崩れやすいから、鍋で焼いたほうがいいのだろうか。

波之進が首をかしげていると、

「だが、あいつは商売のほうはど素人ですね」

と、その夜鳴きそば屋は言った。

「なんでわかった？」

「屋台の担ぎ方がなっちゃいませんでした。それと、狭い路地なんか入って行くんですよ。あんなとこ入ったって、客がわざわざ出て来ませんよ」

「狭い路地ねえ。それはどこの路地だった？」

「あっしが見たのは、三光稲荷に入るあたりでした」

それはこのあいだの一二三屋のわきの路地ではないか。

「見かけたのはいつだい？」

波之進はさらに訊いた。

「ええと、四日前でしたか」

「四日前……」

まさに一二三屋の殺しがあった晩ではないか。

四

「市川さん、どうです、一二三屋の件は？」

波之進は奉行所にもどって、市川一角に訊いた。

「なにせ出入り口が閉まっていたんだから、あの中のやつがいちばん臭いんだが、怪しいのが出ねえんだよ」

「そうですか」

「中のやつがやらなくても、協力しただけってのもあるからな」

「その筋も難しいですか？」

「まあな。ただ、殺された旦那は、真面目だし、人格者で通っていたんだけど、女運が悪いのか、いままで三人も離縁してるんだ」

「三人！」

それはめずらしい。大店《おおだな》の旦那などはわざわざ面倒な離縁などしなくても、外に妾《めかけ》を囲ったりしているものだ。

「つい最近出て行ったのは、二十五も歳《とし》の離れた若い女房だったらしいぜ」

「そうですか。会ったんですか？」

「そりゃあ、会ったさ。いい女だったぜ」

「別れた理由は？」

「堅苦しかったんだとさ。なにごともきちんとしていないと嫌な性分で、説教ばかりされて嫌になったんだと」

「恨んでいるふうはなかったですか？」

「まあ、口説かれたときは、あんなに口うるさいとは思わなかったので、がっかりしたとは言ってたな。ただ、店一軒持てるような手切れ金はもらったんで、それには感謝してるそうだ」

「へえ」

「二人目と最初のもいちおう話を聞こうとは思ってるんだが、ただそっちは別れてだいぶ経《た》つので、いまさらという気もするんだがな」

「じつは、面白い話を聞きました」

「なんだ？」

「例の鍋焼き寿司屋なんですが、夜鳴きそば屋が見かけているんです。四日前に、一二三屋のわきの路地を入って行くのを」

「そうなのか？」

「あの家の者は、なにも言ってなかったですか？」

「いや、こっちもまさかそんなものが関わりがあるとは思わねえもの、訊いてなかったよ」

「そりゃそうですよね」

「よし、明日、訊いてみよう」

と、市川は約束した。

翌朝――。

波之進は気になったので、市川一角よりすこし遅れて一二三屋に顔を出した。麻次も朝早くに奉行所に来ていたので、いっしょである。

「どうでした、市川さん、例の話は?」

「あの晩、手代が鍋焼き寿司の売り声は聞いたそうだ。前の晩も来てたので、変な屋台が来るようになっただけだと思っていたそうだ」

たしかに、それも無理はないだろう。

「じゃあ、月浦、その鍋焼き寿司屋を当たってみてくれるか。おれはもうちょっと百二両と関わりのある者を追いかけるので」

市川はそう言ったが、なんだか変に赤い顔をしてつらそうである。

「わかりました」

と引き受けたはいいが、波之進はなかなか見つけられない。麻次と二手に分かれ、暮れ六つ近くまで聞き込みをしても、まれに売り声を聞いたというだけで、食べた者は見つからない。

しかも、この数日は売り声すら聞かないらしい。

「麻次、この前、うどん屋に話を聞いたから、寿司屋でも聞いてみるか?」

東堀留川の親仁《おやじ》橋の上で、波之進は言った。

「そうですね」

「ついでに寿司を食おう」

堀留界隈は、魚河岸が近いだけあって、うまそうな寿司屋が多い。

もともといわゆる江戸前の寿司は、料理屋でつくって出されるものだったが、それが歩き売りや屋台売りの寿司が出て、いっきに人気に火が点《つ》いた。近ごろは店売りも出て、また店の一部で座って食べさせるところもある。

その、座って食べられる店に入った。

土間の縁台に腰かけ、

「とりあえず、一揃《ひとそろ》い。二人前」

と、波之進が頼んだ。

江戸前の寿司は、店によって違いはあるが、だいたい次のものが出る。

玉子焼き。

車海老《くるまえび》。

白魚。

まぐろの刺身。

こはだ。

穴子。

海苔巻き。

このほかにも、いい魚が入ったりしたとき、寿司屋の腕次第で、鯛やすずき、あじやかつおなども寿司のタネになる。

値段は玉子焼きが高くて一個十六文（およそ四百円）、あとはたいがいどれも一個八文である。これに、おまけのように生姜《しょうが》の酢漬けがつけられる。

「うん、うまいな」

「ええ、飯の握り方を見ても、いい腕をしてますね」

一通り平らげてから、麻次が十手を見せて、寿司屋のおやじに訊いた。

「なあ、おやじさんよ、鍋焼き寿司という料理は想像できるかい？」

「なんですか、そりゃ？」

嫌な顔をした。

「おれたちもわからねえんだ。名前だけ聞いたんだが、そういう寿司がつくれるのかなと思ってな」

「親分。寿司ってのは活《い》きのいいネタに、うまい酢飯、この組み合わせの妙なんだ。焼いたら活きの良さも味わえねえ。酢飯だって人肌が大事なんだ。焼いちゃしようがねえでしょう」

「なるほど」

「そりゃあ、つくれるかもしれねえ。だが、少なくとも、それは江戸っ子の食いものじゃないね。あっしの弟子が、そんなくだらねえものをつくりやがったら、間違いなく張り倒しますね」

と、額に青い筋を立てた。

「そんなに怒らなくてもいいよ。わかったよ」

苦笑いしながら引き下がった。

「月浦さま」

麻次が弱った顔で波之進を見た。

「うん。ふつうの寿司職人ならあんなところだろうな」

ということは、寿司屋の筋ではないのか。

五

いままで堀留から人形町ばかり探していたが、もしかしたらもっと遠くから来ているのかもしれない——というので、帰りは別々に、麻次には小伝馬町から本石町《ほんごくちょう》のほうを通って帰ってもらうことにした。

波之進のほうは、小網町から霊岸島と回り、永代橋のところで引き返した。永代橋のたもとに来たとき、越中島《えっちゅうじま》のあたりを見て、またこの前の捕物のことを思い出した。

じつは、あのときなにか胸の奥で引っかかるものがあったのだ。

——それはなんだったのか。

もしかしたら、あのとき船から飛び込んで逃げた者のことではないか。

目鼻立ちまではそれほどはっきりは見えなかったが、顔のかたちとか身体つきになんとなく見覚えがあるような気がしたのではなかったか。

そうなのだ。たしかにあのとき、

——おや？

と、一瞬思ったのだ。

どこかで会ったことがある男だったかもしれない。

そんなことを考えながら奉行所にもどって来ると、入ったところで奉行の筒井和泉守とばったり会った。

「お、月浦」

奉行は気軽に声をかけてくれる。

「はっ」

「今日、評定所の会議で、例のくじらの姿焼きの話が出てな、よくぞ見破ったと、皆、感心していたぞ。わしも鼻が高かった」

「ありがとうございます。ただ、あの捕物のとき、気になることがありまして」

さっきの話は伝えておいたほうがいいだろう。

「なんだ？」

「何人か、水に飛び込んで逃げたのがいました」

「うむ。おそらく数人だという話だがな」

「はい。わたしが見たところでも二、三人でした」

「それくらいは仕方あるまい。しかも、あの水の冷たさだ。無事に、岸まで辿《たど》りつけたかどうか」

「そうなのですが、そのとき、見たことがあるような者がいたのです」

「どこで？」

「それが思い出せないのです」

「そうか。思い出したらすぐに伝えてくれ」

「わかりました」

「だが、あれだけの男たちを捕縛できているからには、かならずや黒幕につながる線もあるはずだ」

「わたしもそう思います」

「いま、抱えている件が終わったら、もういっぺんこっちにかかってみてくれぬか」

「はい」

筒井和泉守に当てにされていると実感する。

「どうだ、味見方は。いろいろ食えて面白かろう？」

「おかげさまで。ただ、ちょっと食い過ぎで肥《ふと》ってきました。ときどき胃薬まで煎じて飲んでいるくらいで」

「そうか。この仕事をさせておいて言えることではないが、食い過ぎには気をつけるようにな」

そう言って、奉行は笑った。

六

翌朝――。

波之進が朝飯の膳に着くと、魚之進が納豆に妙なことをしているのに気づいた。

「お前、なに、してるんだ？」

「え、納豆に砂糖をかけたんだよ」

魚之進がそう言うと、父と波之進が同時に、

「うえっ」

と、顔をしかめた。

「ほらね、魚之進さん、だから、おやめなさいって」

お静がたしなめるように言った。

「いや、ちょっと待ってください。これで醬油《しょうゆ》を垂らし、かき混ぜるのですよね」

魚之進はそう言って、砂糖と醬油を入れた納豆をかき混ぜ始めた。

「あ、ほんとだ。糸の引きがいい」

「でしょう」

と、お静が言った。

かなりかき混ぜてから一口食べ、

「あ、うまい。納豆は砂糖を入れたほうがうまい」

と、魚之進は言った。

「ほんとかよ」

波之進は疑った。納豆が甘くなるなんて、想像しただけでもぞっとする。

「お義姉さんの家じゃ、昔からそうやっていたそうですよ」

と、魚之進はうまそうに納豆飯を頰張《ほおば》りながら言った。

「ほんとか、お静？」

「そうなんです。でも、お武家ではこんなだらしないようなことはぜったいしないだろうなって、それは家の者も言ってたんです。でも、さっき、たまたま魚之進さんに教えたら試したいって」

お静は申し訳なさそうに言った。

「いや、おれたちの味覚って、思い込みがけっこう多いんだよ。だから、やってみると意外にうまいというのは、ほかにもぜったいあるんだよな」

と、魚之進が言うと、

「だが、それをやれるのは、お前みたいに変わったやつじゃないと駄目だ。わしにはとてもできぬ。気持ち悪さが先に立つ」

父の壮右衛門は苦笑いするばかりで、じっさい試す気もないらしい。

「おれも、今度、体調のいいときに試すことにするよ」

波之進はそう言って、醬油だけの納豆を勢いよくかき混ぜたとき、
ぽきっ。

と、箸が折れて飛んだ。

「おっと、いけない」

一本だけでなく、二本同時にぽっきり折れた。こんなことはめずらしい。

「まあ、嫌ね」

お静は縁起が悪いと思ったらしく、眉をひそめた。

「気にするな、こんなこと」

波之進はそう言ったが、お静は出がけにやたらと一生懸命、切り火を切ったものだった。

七

ついに、鍋焼き寿司を食ったという人が見つかった。

魚河岸の近くに、食いものの番付をつくる男がいる。もともと瓦版《かわらばん》屋だったが、食い道楽が高じて番付をつくるようになった。

近ごろは権威もついて、これで上位に入ると、店も大繁盛するようになるらしい。

この最新の番付に載っていたのである。

発行元は番付にも書いてあったのですぐにわかった。麻次といっしょにそこを訪ねてみた。

「この番付をつくったのは？」

十手を見せて、波之進が訊いた。

「あっしです。味見師の文吉《ぶんきち》といいます」

名乗ったのは五十前後、いかにも大食漢というだるまさんみたいな男である。

「味見師？」

味見方は奉行所にあるが、巷《ちまた》に味見師がいるとは知らなかった。

「なあに、自称ですがね。だが、あっしより味見の才があるやつはそうはいないと思いますぜ」

「番付のことで訊きたいんだがな」

「なんでしょう？」

「最新号に、鍋焼き寿司を載せていたな？」

「ええ、西の小結に抜擢《ばってき》です」

「ほんとに食ったのかい？」

「食いましたよ。あっしも噂《うわさ》を聞いたときは、そんな馬鹿なと思いました。それで出るという人形町界隈に張り込んで、来たところを捕まえたのです」

「どんなものだった？」

「いや、たしかに鍋焼き寿司でした。まず、土鍋で茶飯を炊《た》くんです。で、炊きあがったところで酢を入れてかき混ぜます」

「茶飯に酢か」

「それでかき混ぜたら、その上にあらかじめ煮込んであった穴子を載せ、もう一度、ふたをします。これを穴子と飯をいっしょに箸ですくって口に運ぶわけです」

「どうだった、味は？」

「だから、うまかったですよ。でなきゃ、小結になど抜擢しませんから。茶飯と酢の加減がよかったんでしょうね。穴子はもともとうまく煮てありますから、これはどうやって食ってもうまい。だから、最初、名前だけ聞くと、なんだ、そりゃと思いますが、じっさいに食ったら、うまさにびっくりします」

「なるほど」

「じつは、あたしの番付はいま、かなり力がありましてね。入れてくれという頼みが殺到しているんです。それで、いきなり小結に入れたというのは、いかにうまかったか、ということです」

「ほう」

「ただ、心配ごともありましてね。もう一度、食べたいと思っているのですが、今度はなかなか出て来ないのです。まさか、あまりにも流行らなくてやめたわけじゃないよなと思うのですが」

自称、味見師は、心配そうに首をかしげた。

とりあえずこのことを市川一角に伝えてやろうと、昼に一度、奉行所にもどる

と、与力の安西佐々右衛門が市川の席にいて、

「弱ったぞ。市川が風邪で寝ついてしまった」

と腕組みしていた。

「風邪では仕方ありませんね」

「うむ。熱がひどくて唸《うな》っていたから、あれじゃあ四、五日は駄目だな」

「そうですか」

「一二三屋の件だがな、そなた、代わってくれぬか」

「はあ」

いきなり代わっても、ちゃんと事件を頭に入れられるのか、いささか自信がない。

「調べはほとんど進展していないらしい。市川も、月浦は事情をほとんど把握していると言っていた」

「そうですか。では、市川さんが治るまで、とりあえず関わらせてもらいます」

ということで、麻次もいっしょに現場に向かった。

「市川さんがあれだけ調べて、店の中に疑わしいやつはいないと言うんだから、やはり下手人は外から来たんだろうな」

「でも、表の出入り口や裏の戸口も閉まっていたんでしょう?」

麻次が言った。

「裏をもういっぺん、よく見てみようぜ」

と、波之進は裏の庭に入った。

しばらく母屋のつくりや、庭の木などを見て回っていたが、そのうち、

「麻次。これは逃げられるぜ」

と、嬉しそうに言った。

「逃げられるとおっしゃいますと?」

「いいか、この母屋の二階のあそこに窓があるだろう」

波之進は上を指差した。

「あの窓から出て、けやきの枝を伝うんだ」

と、指を移動させる。

「はい、こっちですね」

「そして、この算盤をつくる工房の屋根の廂《ひさし》に渡るんだ」

「ははあ、綱渡りみたいですね」

「それで、廂をぐるっと回ると、ほら、塀のぎりぎりわきに出て来られる」

「あ、あとは外の道に飛び降りることができますね」

「そう。だから、いったんあのわきの塀の戸口を開けさせさえすれば、内側から閂を下ろし、母屋の二階に上がって、さっきの道順で逃亡できるってわけだ」

「旦那。それができるということは？」

「店の中に協力者がいたか、あるいはこの家の造りを熟知しているやつだろうな」

「ははあ」

「麻次。なんとなく見えてきたことがある。ここの手代に、前の女房たちと子どものことを聞いて来てくれ」

「はい」

麻次はすぐに母屋に入って行き、まもなくもどって来た。

「わかりました。いちばん最初の女房はおたまといって、十年ほど前に別れました。子どもは男の子が二人いて、もう二十歳と十八になっているそうです。二番目はおきぬといって、五年前に別れています。こっちも子どもが二人ですが、女の子で、八つと七つになっているそうです」

「なるほど」

「ただ、殺された旦那は、別れた女房たちにもきちんとやるべきことはやっていて、最初の女房の長男は尾張町で算盤の店をやらせていて、いずれこっちの店を譲るつもりでいたらしいです」

「次男には？」

「次男のことはよく知らないそうです。それから二番目の女房にも、一番目と同様に店を一軒持たせていて、食うに困ることはないそうです」

「ケチじゃないんだな」

「あの旦那は、女の好みはちょっと蓮《はす》っ葉《ぱ》なくらいの娘が好きだったみたいです。それで、それを嫁にし、いろいろ教え諭《さと》すのですが、女房のほうがついていけなくなるという繰り返しだったみたいですね」

「これでわかった」

と、波之進は手を叩いた。

「え、わかったとおっしゃいますと？」

「もちろん、下手人だよ」

波之進がそう言うと、麻次は唖然となった。

ついさっき、この事件を担当したばかりである。

八

最初の女房の次男の伸二郎《しんじろう》は、尾張町で店をしている兄や母親といっしょに住んではおらず、人形町に近い蠣殻町《かきがらちょう》の裏店《うらだな》で一人住まいだった。

波之進と麻次が訪ねると、かまどに鍋をのせ、なにか汁のようなものをつくっているところだった。嗅いだことのない濃厚な匂いは、もしかしたら四つ足の肉を使っているせいかもしれない。

軽く十手を見せ、

「一二三屋数右衛門さんの二番目の倅《せがれ》だね？」

と、波之進は切り出した。

「そうですが」

十八というが、まだ幼さの残る顔である。死に顔しか見ていないが、眉のかたちなどに、父親の面影が感じられる。

「板前かなにかかい？」

「まあね。いくつかの店で修業はしました」

「おやじさん、亡くなったな」

「ええ。でも、おれたちは追い出された口ですからね」

仲二郎は、手代によると葬儀にも顔を出していなかったらしい。

「おやじさん殺《や》ったのは、あんただよな」

波之進はのっけから言った。

「なにを馬鹿なこと、言ってるんですか」

仲二郎は苦笑した。

「おやじさん、あんたに殺られたって告げていたんだよ」

「え？」

「嘘じゃない。ちょうど、近くに算盤が置いてあったんだろう。それを取って、珠《たま》を二つ動かした」

波之進がそう言うと、わきで麻次が、「あ」と、小さく言った。

「これは、百二両の意味で、それを貸したやつのしわざじゃないかって、おれたちもずいぶん捜した。だが、そうじゃない。あれは、一番目の女房の、次男という意味だったんだな」

「そんなもの、証拠にするんですかい？」

「それだけじゃない。あの殺しは家の造りをよく知っている者でなければできなかった」

「造り？」

「そう。塀の戸口はおやじさんが開け、下手人は中に入った。それから、塀の戸口を中から閉め、二階から木や廂を伝って、外へ逃げた。あんなことは、あの家で暮らしたものでないとできないぜ」

「あの家で育ったのもおれだけじゃないですよ。辞めた手代や小僧もいれば、出入りの職人もいるし」

「まあな。だが、食いものの好みなどもよく知っているのは、あんたがいちばんなんだ。おやじさんは、寿司が大好きだった。あんたたちも子どものころから食べてたんじゃないのかい？」

波之進がそう言うと、仲二郎はふいに、遠くを見るような顔になって、

「そりゃあ、まあね。近くの寿司屋からよく取り寄せてました」

と、懐かしそうに言った。

「うるさかったかい？」

「ええ。タネの切り方からタレの味付け、飯の炊き方まで、いろいろ一家言《いっかげん》は持っ

ていましたね」

「鍋焼きうどんも食ったことがあるだろうな」

「それは、おれといっしょに食ったんです。新しいうまいものも食ってみなって」

父と子でそんなときもあったらしい。

「どうだった？」

「うまいと言ってましたよ」

「あんたも店をやりたいんだろう？」

「え」

伸二郎の目が泳いだ。

「鍋焼き寿司が、江戸うまいものの番付で小結になっていたぜ」

「そうなんですか」

知らなかったらしい。

その番付を見せた。

「西の小結……」

涙が落ちた。

「おやじさんを外におびき出すためにつくったんじゃないのかい？」

「違います。おやじにこういう料理を出す店を持ちたいって相談したんです。援助なんか求めません。ただ、おやじは怒るだろうなとは思ってました」

「きっちりしたのが好きだったからな」

「きっちりというのか、とにかく寿司は寿司、うどんはうどん。ごっちゃにするなと」

一二三屋の旦那も、納豆に砂糖をかけて食ったりしたら怒っただろうな、とちらりと思った。

「他人なら人格者だが、身内からしたらあんな面倒臭い人はいませんよ。それで、おれが考えた鍋焼き寿司のことも、食べてもいないのにぼろくそでしたよ。そんなふざけた食いものをつくるんじゃねえと」

「そういう人はめずらしくないぜ」

「ええ。それで、なんとか食べてもらって判断してもらおうと」

「あの路地に入ったんだな」

「おやじは飛び出して来ました。もちろん、鍋焼き寿司と聞いただけで、おれだとわかったでしょう」

「すぐには刺さなかったんだな」

「もちろんです。おやじも、近所の手前とかは凄《すご》く気にする人でしたから、おれを塀の中に引っ張り込みましたよ」

「そこで叱られたんだな」

「あんだけやめろと言ったのに、まだやるつもりなのかって」

「おやじ好みの料理じゃなかったわけか」

「怒る前に、一口でいいから食べてみてくれと頼みました」

「だが、食べもしなかったのか?」

「江戸前の寿司の見事さをお前は知らないのかと激怒しました。寿司を焼くとはなにごとだと、屋台ごとひっくり返しそうな勢いでしたよ」

「じっさいは、焼くというより土鍋で炊くんだよな」

「はい。呼び名は鍋焼きうどんといっしょですよね。あれも焼いてるわけではなく煮てるのですが」

「それから穴子をのせるんだろ?」

「そうなんです。でも、結局、駄目でした。許してもらえませんでした。それどころか、お前がこんなくだらない商売をする気なら、兄貴の跡継ぎの話もなしにするぞと言われて……」

「カッとなったわけか」

自分のことより兄弟のことでカッとなるのは、波之進もわかる気がする。

「後悔しています」

そう言って、伸二郎は崩れ落ちた。

九

月浦波之進は、八丁堀の役宅近くまでやって来て、ふと足を止めた。

前方に男二人の影が現われた。背の高いのと、がっしりした身体つきと、どちらもなんとなく雰囲気からして禍々《まがまが》しい。

帰りを待っていたらしい。

がっしりしたほうの男が、

「美男に賢いやつがいるとは思わなかった」

と、嗄《しわが》れた声で言った。

「あなたは……」

ただ、名は知らない。料亭の百川で、あの料理を馳走になっているとき、ふらりと顔を見せた。酔っていたから、顔を出すつもりではなかったのかもしれない。

名乗らなかったが、薄々見当はついた。周囲の人間があれだけ畏《かしこ》まる大物は、そうそういない気がする。

「わしはもっと愚鈍なやつでよかったのじゃ。それで、町方ではどこまで調べが進むのかを知りたかったのじゃ」

「ははあ、そういうことでしたか」

「そなた、頭が切れ過ぎる」

「思い出しました。あの抜け荷の船から逃げた男、お屋敷でお見かけしていたのでした」

「そこもつながるところだったか。悪いが死んでもらう」

前方の男がいきなり剣を抜いて突進して来た。

波之進もすぐに剣を抜き放ったが、そのとき、背後から、しかも二方向から、手裏剣が飛んで来た。気配を感じたときは遅かった。

手裏剣が背中に二本、突き刺さったのはわかった。

その痛みに思わず背中がのけぞるようになった。

だが、力を振り絞って、十手を投げた。

それは狙い通り、あの男の額に命中した。

だが、前方と、背後の二人の剣は、いくら波之進でも避けきれなかった。

へええい　お月さん　今晩は
東の戸を開けたよ
お星さん　邪魔だよ
ちょいとそこを　開けとくれ

暢気《のんき》な歌声がした。

ちょうど、魚之進が釣りから帰って来た。

だが、前方で剣戟《けんげき》の音がしたではないか。

「なんだ、どうした？」

魚之進は走った。

一対四。なんという卑怯《ひきよう》なふるまい。四人が一人の男に斬ってかかっていた。

「出会え、曲者《くせもの》だ！」

ここは八丁堀である。すぐに隣近所が動き出す。

男たちは逃げ出した。河岸のほうに向かっている。舟でも泊めているのかもしれない。

魚之進は、そのまま曲者を追いかけようとしたが、思わず足を止めた。

なんと倒れているのは兄ではないか。

「兄貴! どうしたんだ?」

抱き起こすがぐったりしている。目も開けない。

「兄貴! おれだ! しっかりしろ!」

魚之進は声を限りに叫ぶ。

周囲から人が飛び出して来ている。月浦家からも父とお静が駆け出してくる。

「どうした?」

「医者だ、医者を呼べ!」

叫び声が錯綜《さくそう》する。

「静かに!」

魚之進が言った。

波之進がなにか言っている。

目をつむったまま、口が動いている。

「なんだって？」

魚之進は耳を寄せた。かすかに聞こえた。

「美味の……傍《そば》には……悪《わる》がいる」

「え？」

咄嗟《とっさ》になんのことかわからない。

いったいなにが起きたのか。夢であって欲しい。おれはいまちょっとだけ酒を飲んで帰って来た。あれはよほど悪い酒だったに違いない。そして、これは悪酔いがもたらした、とびきりの悪夢なのだ。

訊き返そうとしたとき、波之進の首が落ちた。いつも仰ぎ見ていたお天道さまのような存在が、すとんと、力を失くして落ちた。嘘のように呆気なく死んだ。

「兄貴！」

月浦魚之進は絶叫した。

本書は、講談社文庫のために書き下ろされました。

|著者| 風野真知雄　1951年生まれ。'93年「黒牛と妖怪」で第17回歴史文学賞を受賞してデビュー。主な著書には「隠密 味見方同心」(講談社文庫)、「わるじい慈剣帖」(双葉文庫)、「極道大名」(幻冬舎時代小説文庫)、「閻魔裁き」(ハルキ文庫) などの文庫書下ろしシリーズのほか、単行本に『恋の川、春の町』などがある。「妻は、くノ一」シリーズ (角川文庫) はテレビドラマ化され人気を博した。2015年、「耳袋秘帖」シリーズ (文春文庫) で第4回歴史時代作家クラブシリーズ賞を、『沙羅沙羅越え』(KADOKAWA) で第21回中山義秀文学賞を受賞。「この時代小説がすごい！ 2016年版」(宝島社) では文庫書き下ろし部門作家別ランキング1位を獲得した、絶大なる人気と実力を誇る時代小説家。2020年春に「味見方同心」シリーズ続編の「潜入 味見方同心」をスタート。

隠密《おんみつ》 味見方同心《あじみかたどうしん》㈠　くじらの姿《すがた》焼《や》き騒動《そうどう》

風野真知雄《かぜのまちお》

2015年2月13日第1刷発行
2020年3月5日第5刷発行

発行者──渡瀬昌彦
発行所──株式会社 講談社
東京都文京区音羽2-12-21　〒112-8001
電話 出版 (03) 5395-3510
販売 (03) 5395-5817
業務 (03) 5395-3615

Printed in Japan

講談社文庫
定価はカバーに表示してあります

デザイン─菊地信義
本文データ制作─講談社デジタル製作
印刷───中央精版印刷株式会社
製本───中央精版印刷株式会社

ISBN978-4-06-293047-5

講談社文庫刊行の辞

二十一世紀の到来を目睫に望みながら、われわれはいま、人類史上かつて例を見ない巨大な転換期をむかえようとしている。

世界も、日本も、激動の予兆に対する期待とおののきを内に蔵して、未知の時代に歩み入ろうとしている。このときにあたり、創業の人野間清治の「ナショナル・エデュケイター」への志を現代に甦らせようと意図して、われわれはここに古今の文芸作品はいうまでもなく、ひろく人文・社会・自然の諸科学から東西の名著を網羅する、新しい綜合文庫の発刊を決意した。

激動の転換期はまた断絶の時代である。われわれは戦後二十五年間の出版文化のありかたへの深い反省をこめて、この断絶の時代にあえて人間的な持続を求めようとする。いたずらに浮薄な商業主義のあだ花を追い求めることなく、長期にわたって良書に生命をあたえようとつとめるところにしか、今後の出版文化の真の繁栄はあり得ないと信じるからである。

同時にわれわれはこの綜合文庫の刊行を通じて、人文・社会・自然の諸科学が、結局人間の学にほかならないことを立証しようと願っている。かつて知識とは、「汝自身を知る」ことにつきていた。現代社会の瑣末な情報の氾濫のなかから、力強い知識の源泉を掘り起し、技術文明のただなかに、生きた人間の姿を復活させること。それこそわれわれの切なる希求である。

われわれは権威に盲従せず、俗流に媚びることなく、渾然一体となって日本の「草の根」をかたちづくる若く新しい世代の人々に、心をこめてこの新しい綜合文庫をおくり届けたい。それは知識の泉であるとともに感受性のふるさとであり、もっとも有機的に組織され、社会に開かれた万人のための大学をめざしている。大方の支援と協力を衷心より切望してやまない。

一九七一年七月

野間省一

川瀬七緒　フォークロアの鍵
かわぐちかいじ 藤井哲夫 原作　僕はビートルズ 1
かわぐちかいじ 藤井哲夫 原作　僕はビートルズ 2
かわぐちかいじ 藤井哲夫 原作　僕はビートルズ 3
かわぐちかいじ 藤井哲夫 原作　僕はビートルズ 4
かわぐちかいじ 藤井哲夫 原作　僕はビートルズ 5
かわぐちかいじ 藤井哲夫 原作　僕はビートルズ 6
風野真知雄　隠密 味見方同心(一)〈くじらの姿焼き騒動〉
風野真知雄　隠密 味見方同心(二)〈干し卵不思議味〉
風野真知雄　隠密 味見方同心(三)〈幸せの小福餅〉
風野真知雄　隠密 味見方同心(四)〈恐怖の流しそうめん〉
風野真知雄　隠密 味見方同心(五)〈フグの毒鍋〉
風野真知雄　隠密 味見方同心(六)〈鵺《ぬえ》の闇鍋〉
風野真知雄　隠密 味見方同心(七)〈絵巻寿司〉
風野真知雄　隠密 味見方同心(八)〈ふふふの麩〉
風野真知雄　隠密 味見方同心(九)〈殿さま漬け〉
風野真知雄　昭和探偵 1
風野真知雄　昭和探偵 2
風野真知雄　昭和探偵 3
風野真知雄　昭和探偵 4
カレー沢 薫　負ける技術
カレー沢 薫　もっと負ける技術〈カレー沢薫の日常と退廃〉
カレー沢 薫　非リア王
下野《かばた》康史　ポルシェより、フェラーリより、ロードバイクが好き〈熱狂と悦楽の自転車ライフ〉
野崎雅人 佐々原史緒　戦国BASARA3〈真田幸村の章／猿飛佐助の章〉
矢野 隆 映島 巡　戦国BASARA3〈伊達政宗の章／片倉小十郎の章〉
タタツシンイチ 鏡 征爾　戦国BASARA3〈長曾我部元親の章／毛利元就の章〉
タタツシンイチ 梶 よう子　戦国BASARA3〈徳川家康の章／石田三成の章〉
風森章羽《しょう》　渦巻く回廊の鎮魂曲《レクイエム》〈霊媒探偵アーネスト〉
風森章羽　清らかな煉獄〈霊媒探偵アーネスト〉
加藤千恵　こぼれ落ちて季節は
神田 茜　しょっぱい夕陽
神林長平　だれの息子でもない
神楽坂 淳　うちの旦那が甘ちゃんで
神楽坂 淳　うちの旦那が甘ちゃんで 2
神楽坂 淳　うちの旦那が甘ちゃんで 3
神楽坂 淳　うちの旦那が甘ちゃんで 4
神楽坂 淳　うちの旦那が甘ちゃんで 5
神楽坂 淳　うちの旦那が甘ちゃんで 6
加藤元浩　捕まえたもん勝ち！〈七夕菊乃の捜査報告書〉
梶永正史　銃の啼《な》き声〈潔癖刑事・田島慎吾〉
金田一春彦 安西愛子 編　日本の唱歌 全三冊
岸本英夫　死を見つめる心〈ガンとたたかった十年間〉
北方謙三　君に訣別の時を
北方謙三　われらが時の輝き
北方謙三　夜の終り
北方謙三　帰路
北方謙三　錆びた浮標《ブイ》
北方謙三　汚名の広場
北方謙三　夜の眼
北方謙三　試みの地平線〈伝説復活編〉
北方謙三　煤煙
北方謙三　旅のいろ
北方謙三　新装版 活路(上)(下)
北方謙三　新装版 余燼(上)(下)
北方謙三　抱影
菊地秀行　魔界医師メフィスト〈怪屋敷〉

菊地秀行　吸血鬼ドラキュラ
北原亞以子　深川澪通り木戸番小屋
北原亞以子　新地橋〈深川澪通り木戸番小屋〉
北原亞以子　夜の明けるまで〈深川澪通り木戸番小屋〉
北原亞以子　澪つくし〈深川澪通り木戸番小屋〉
北原亞以子　たからもの〈深川澪通り木戸番小屋〉
北原亞以子　降りしきる
北原亞以子　贋作《うそばっかり》天保六花撰《えどのはなし》
北原亞以子　花冷え
北原亞以子　歳三からの伝言
北原亞以子　お茶をのみながら
北原亞以子　その夜の雪
北原亞以子　江戸風狂伝
桐野夏生　新装版 顔に降りかかる雨
桐野夏生　新装版 天使に見捨てられた夜
桐野夏生　新装版 ローズガーデン
桐野夏生　OUT（上）（下）
桐野夏生　ダーク（上）（下）
桐野夏生　猿の見る夢

京極夏彦　文庫版 姑獲鳥《うぶめ》の夏
京極夏彦　文庫版 魍魎《もうりょう》の匣《はこ》
京極夏彦　文庫版 狂骨《きょうこつ》の夢《ゆめ》
京極夏彦　文庫版 鉄鼠《てっそ》の檻《おり》
京極夏彦　文庫版 絡新婦《じょろうぐも》の理《ことわり》
京極夏彦　文庫版 塗仏《ぬりぼとけ》の宴《うたげ》―宴の支度
京極夏彦　文庫版 塗仏の宴―宴の始末
京極夏彦　文庫版 百鬼夜行―陰
京極夏彦　文庫版 百器徒然袋―雨
京極夏彦　文庫版 百器徒然袋―風
京極夏彦　文庫版 今昔続百鬼―雲
京極夏彦　文庫版 陰摩羅鬼《おんもらき》の瑕《きず》
京極夏彦　文庫版 邪魅《じゃみ》の雫
京極夏彦　文庫版 死ねばいいのに
京極夏彦　文庫版 ルー＝ガルー〈忌避すべき狼〉
京極夏彦　文庫版 ルー＝ガルー2〈インクブス×スクブス 相容れぬ夢魔〉
京極夏彦　分冊文庫版 姑獲鳥《うぶめ》の夏（上）（下）
京極夏彦　分冊文庫版 魍魎《もうりょう》の匣《はこ》（上）（中）（下）
京極夏彦　分冊文庫版 狂骨《きょうこつ》の夢《ゆめ》（上）（中）（下）

京極夏彦　分冊文庫版 鉄鼠《てっそ》の檻《おり》全四巻
京極夏彦　分冊文庫版 絡新婦《じょろうぐも》の理《ことわり》（一）（二）
京極夏彦　分冊文庫版 絡新婦《じょろうぐも》の理《ことわり》（三）（四）
京極夏彦　分冊文庫版 塗仏《ぬりぼとけ》の宴《うたげ》 宴の支度《したく》（上）（中）（下）
京極夏彦　分冊文庫版 塗仏《ぬりぼとけ》の宴《うたげ》 宴の始末《しまつ》（上）（中）（下）
京極夏彦　分冊文庫版 陰摩羅鬼《おんもらき》の瑕《きず》（上）（中）（下）
京極夏彦　分冊文庫版 邪魅《じゃみ》の雫（上）（中）（下）
京極夏彦　分冊文庫版 ルー＝ガルー〈忌避すべき狼〉（上）（下）
京極夏彦　分冊文庫版 ルー＝ガルー2〈インクブス×スクブス 相容れぬ夢魔〉（上）（下）
京極夏彦・原作 志水アキ・漫画　コミック版 姑獲鳥《うぶめ》の夏（上）（下）
京極夏彦・原作 志水アキ・漫画　コミック版 魍魎《もうりょう》の匣《はこ》（上）（下）
京極夏彦・原作 志水アキ・漫画　コミック版 狂骨の夢（上）（下）
北森鴻　狐罠
北森鴻　花の下にて春死なむ
北森鴻　香菜里屋《カナリヤ》を知っていますか
北森鴻　親不孝通りラプソディー
北村薫　盤上の敵
北村薫　紙魚家崩壊〈九つの謎〉
北村薫　野球の国のアリス

岸　惠子　30年の物語
木内一裕　藁の楯
木内一裕　水の中の犬
木内一裕　アウト&アウト
木内一裕　キッド
木内一裕　デッドボール
木内一裕　神様の贈り物
木内一裕　喧嘩猿
木内一裕　バードドッグ
木内一裕　不愉快犯
木内一裕　嘘ですけど、なにか？
北山猛邦　『クロック城』殺人事件
北山猛邦　『瑠璃城』殺人事件
北山猛邦　『アリス・ミラー城』殺人事件
北山猛邦　『ギロチン城』殺人事件
北山猛邦　私たちが星座を盗んだ理由
北山猛邦　猫柳十一弦の後悔〈不可能犯罪定数〉
北山猛邦　猫柳十一弦の失敗〈探偵助手五箇条〉
北　康利　白洲次郎 占領を背負った男 (上)(下)

北　康利　福沢諭吉 国を支えて国を頼らず (上)(下)
北　康利　吉田茂 ポピュリズムに背を向けて (上)(下)
北原尚彦　死美人辻馬車
北尾トロ　テッカ場
樹林　伸　東京ゲンジ物語
貴志祐介　新世界より (上)(中)(下)
北川貴士　マグロはおもしろい〈美味のひみつ、生き様のなぞ〉
木下半太　サバイバー
北原みのり　毒婦。〈木嶋佳苗100日裁判傍聴記〉
北原みのり　木嶋佳苗100日裁判傍聴記〈佐藤優対談収録完全版〉
北　夏輝　恋都の狐さん
北　夏輝　美都《みと》で恋めぐり
北　夏輝　狐さんの恋結び
岸本佐知子 編訳　変《ヘン》愛《アイ》小説集
岸本佐知子 編　変愛小説集 日本作家編
木原浩勝　文庫版 現世《うつしよ》怪談(一) 主人の帰り
木原浩勝　文庫版 現世怪談(二) 白刃の盾
木原浩勝　増補改訂版 もう一つの「バルス」〈宮崎駿と『天空の城ラピュタ』の時代〉
喜国雅彦 国樹由香　メフィストの漫画

清武英利　石つぶて〈警視庁 二課刑事の残したもの〉
清武英利　しんがり〈山一證券 最後の12人〉
黒岩重吾　新装版 古代史への旅
栗本　薫　新装版 絃《いと》の聖域
栗本　薫　新装版 ぼくらの時代
栗本　薫　新装版 優しい密室
栗本　薫　新装版 鬼面の研究
黒井千次　カーテンコール
黒井千次　日の砦
倉橋由美子　よもつひらさか往還
黒柳徹子　窓ぎわのトットちゃん 新組版
工藤美代子　今朝の骨肉、夕べのみそ汁
倉知　淳　新装版 星降り山荘の殺人
倉知　淳　シュークリーム・パニック
熊谷達也　浜の甚兵衛
鯨　統一郎　タイムスリップ森鷗外
倉阪鬼一郎　大江戸秘脚便
倉阪鬼一郎　娘飛脚を救え〈大江戸秘脚便〉
倉阪鬼一郎　開運十社巡り〈大江戸秘脚便〉

今野　敏　変幻
今野　敏　警視庁FC
今野　敏　継続捜査ゼミ
今野　敏　蓬萊〈新装版〉
今野　敏　イコン〈新装版〉
後藤正治　天人〈深代惇郎と新聞の時代〉
幸田　文　崩れ
幸田　文　台所のおと
幸田　文　季節のかたみ
小池真理子　記憶の隠れ家
小池真理子　美神ミューズ
小池真理子　冬の伽藍
小池真理子　恋愛映画館
小池真理子　ノスタルジア
小池真理子　夏の吐息
小池真理子　千日のマリア
幸田真音　マネー・ハッキング
幸田真音　日本国債(上)(下)〈改訂最新版〉
幸田真音　eの悲劇〈IT革命の光と影〉
幸田真音　凛《りん》冽《れつ》の宙《そら》
幸田真音　コイン・トス
幸田真音　あなたの余命教えます
五味太郎　大人問題
鴻上尚史　あなたの魅力を演出するちょっとしたヒント
鴻上尚史　あなたの思いを伝える表現力のレッスン
鴻上尚史　八月の犬は二度吠える
鴻上尚史　鴻上尚史の俳優入門
鴻上尚史　青空に飛ぶ
小林紀晴　アジアロード
小泉武夫　地球を肴に飲む男
小泉武夫　納豆の快楽
小泉武夫　小泉教授が選ぶ「食の世界遺産」日本編
近藤史人　藤田嗣治「異邦人」の生涯
小前　亮　李《り》世《せい》民《みん》
小前　亮　趙《ちょう》匡《きょう》胤《いん》〈宋の太祖〉
小前　亮　李巌と李自成
小前　亮　中国皇帝伝〈歴史を動かした28人の光と影〉
小前　亮　朱元璋　皇帝の貌《かお》
小前　亮　覇《は》帝《てい》フビライ〈世界支配の野望〉
小前　亮　唐玄宗紀
小前　亮　賢帝と逆臣と〈康熙《こうき》帝《てい》と三藩の乱〉
小前　亮　始皇帝の永遠〈天下一統〉
香月日輪　妖怪アパートの幽雅な日常①
香月日輪　妖怪アパートの幽雅な日常②
香月日輪　妖怪アパートの幽雅な日常③
香月日輪　妖怪アパートの幽雅な日常④
香月日輪　妖怪アパートの幽雅な日常⑤
香月日輪　妖怪アパートの幽雅な日常⑥
香月日輪　妖怪アパートの幽雅な日常⑦
香月日輪　妖怪アパートの幽雅な日常⑧
香月日輪　妖怪アパートの幽雅な日常⑨
香月日輪　妖怪アパートの幽雅な日常⑩
香月日輪　妖怪アパートの幽雅な食卓〈るり子さんのお料理日記〉
香月日輪　妖怪アパートの幽雅な人々〈妖アパミニガイド〉
香月日輪　妖怪アパートの幽雅な日常〈ラスベガス外伝〉
香月日輪　大江戸妖怪かわら版①〈異界より落ち来る者あり〉
香月日輪　大江戸妖怪かわら版②〈異界より落ち来る者あり　其之二〉

講談社文庫　目録

香月日輪　大江戸妖怪かわら版③〈封印の娘〉
香月日輪　大江戸妖怪かわら版④〈天空の竜宮城〉
香月日輪　大江戸妖怪かわら版⑤〈雀、大浪花に行く〉
香月日輪　大江戸妖怪かわら版⑥〈魔狼、月に吠える〉
香月日輪　大江戸妖怪かわら版⑦〈大江戸散歩〉
香月日輪　地獄堂霊界通信①
香月日輪　地獄堂霊界通信②
香月日輪　地獄堂霊界通信③
香月日輪　地獄堂霊界通信④
香月日輪　地獄堂霊界通信⑤
香月日輪　地獄堂霊界通信⑥
香月日輪　地獄堂霊界通信⑦
香月日輪　地獄堂霊界通信⑧
香月日輪　ファンム・アレース①
香月日輪　ファンム・アレース②
香月日輪　ファンム・アレース③
香月日輪　ファンム・アレース④
香月日輪　ファンム・アレース⑤(上)(下)
近衛龍春　長宗我部盛親(上)(下)

近衛龍春　加藤清正〈豊臣家に捧げた生涯〉
香坂　直　走れ、セナ！
小林正典　英国太平記
小　鶴　カンガルーのマーチ
木原音瀬　箱の中
木原音瀬　美しいこと
木原音瀬　秘密
神立尚紀　祖父たちの零戦〈Zero Fighters of Our Grandfathers〉
神立尚紀・大島隆之　零戦〈搭乗員たちが見つめた太平洋戦争〉
古賀茂明　日本中枢の崩壊
近藤史恵　薔薇《ばら》を拒む
近藤史恵　砂漠の悪魔
近藤史恵　私の命はあなたの命より軽い
小泉　凡　怪談四代記〈八雲のいたずら〉
小島正樹　武家屋敷の殺人
小島正樹　硝子の探偵と消えた白バイ
小松エメル　夢の燈《ほ》影《かげ》〈新選組無名録〉
小松エメル　総司の夢
近藤須雅子　プチ整形の真実

小島　環　小旋風《つむじかぜ》の夢《む》絃《げん》
小島　環　原作　あなしん　脚本　おかざきさとこ　小説　春待つ僕ら
呉　勝浩　道徳の時間
呉　勝浩　ロスト
呉　勝浩　蜃気楼の犬
呉　勝浩　白い衝動
こだま　夫のちんぽが入らない
講談社校閲部　間違えやすい日本語実例集〈熟練校閲者が教える〉
佐藤さとる　だれも知らない小さな国〈コロボックル物語①〉
佐藤さとる　豆つぶほどの小さないぬ〈コロボックル物語②〉
佐藤さとる　星からおちた小さなひと〈コロボックル物語③〉
佐藤さとる　ふしぎな目をした男の子〈コロボックル物語④〉
佐藤さとる　小さな国のつづきの話〈コロボックル物語⑤〉
佐藤さとる　コロボックルむかしむかし〈コロボックル物語⑥〉
佐藤さとる　天狗童子
佐藤さとる　絵／村上勉　わんぱく天国
佐藤愛子　新装版　戦いすんで日が暮れて
佐木隆三　慟哭〈小説・林郁夫裁判〉
沢田サタ編　新装版　泥まみれの死〈沢田教一ベトナム戦争写真集〉

講談社文庫　目録

佐伯泰英　風〈交代寄合伊那衆異聞〉雲
佐伯泰英　邪〈交代寄合伊那衆異聞〉宗
佐伯泰英　阿〈交代寄合伊那衆異聞〉片
佐伯泰英　攘〈交代寄合伊那衆異聞〉夷
佐伯泰英　上〈交代寄合伊那衆異聞〉海
佐伯泰英　黙《もっ》〈交代寄合伊那衆異聞〉契《けい》
佐伯泰英　御《お》〈交代寄合伊那衆異聞〉暇《いとま》
佐伯泰英　難〈交代寄合伊那衆異聞〉航
佐伯泰英　海〈交代寄合伊那衆異聞〉戦
佐伯泰英　謁〈交代寄合伊那衆異聞〉見
佐伯泰英　交〈交代寄合伊那衆異聞〉易
佐伯泰英　朝〈交代寄合伊那衆異聞〉廷
佐伯泰英　混《こん》〈交代寄合伊那衆異聞〉沌《とん》
佐伯泰英　断〈交代寄合伊那衆異聞〉絶
佐伯泰英　散《ざん》〈交代寄合伊那衆異聞〉斬《ぎり》
佐伯泰英　再〈交代寄合伊那衆異聞〉会
佐伯泰英　茶〈交代寄合伊那衆異聞〉葉
佐伯泰英　開〈交代寄合伊那衆異聞〉港

佐伯泰英　暗〈交代寄合伊那衆異聞〉殺
佐伯泰英　血〈交代寄合伊那衆異聞〉脈
佐伯泰英　飛〈交代寄合伊那衆異聞〉躍
沢木耕太郎　一号線を北上せよ〈ヴェトナム街道編〉
佐藤友哉　エナメルを塗った魂の比重〈鏡稜子ときせかえ密室〉
佐藤友哉　水没ピアノ〈鏡創士がひきもどす犯罪〉
佐藤友哉　クリスマス・テロル〈invisible×inventor〉
櫻田大造　「優」をあげたくなる答案・レポートの作成術
佐川光晴　縮んだ愛
沢村凜　タソガレ
佐野眞一　誰も書けなかった石原慎太郎
佐野眞一　津波と原発
佐藤多佳子　一瞬の風になれ　全三巻
笹本稜平　駐在刑事
笹本稜平　駐在刑事　尾根を渡る風
佐藤亜紀　ミノタウロス
佐藤亜紀　醜聞の作法
佐藤千歳　インターネットと中国共産党〈「人民網」体験記〉
斎樹真琴　地獄番　鬼蜘蛛日誌

桜庭一樹　ファミリーポートレイト
佐々木則夫　なでしこ力〈さあ、一緒に世界一になろう!〉
沢里裕二　淫果応報
沢里裕二　淫具屋半兵衛
佐藤あつ子　昭《あき》　田中角栄と生きた女
西條奈加　世直し小町りんりん
西條奈加　まるまるの毬《いが》
佐伯チズ　改訂完全版　佐伯チズ式「完全美肌バイブル」〈123の肌悩みにズバリ回答!〉
斉藤洋　ルドルフとイッパイアッテナ
斉藤洋　ルドルフともだちひとりだち
佐々木裕一　若返り同心　如月源十郎〈不思議な飴玉〉
佐々木裕一　若返り同心　如月源十郎〈闇の顔〉
佐々木裕一　公家武者　信平《のぶひら》〈消えた狐丸〉
佐々木裕一　逃げた名馬〈公家武者　信平(二)〉
佐々木裕一　比叡山の鬼〈公家武者　信平(三)〉
佐々木裕一　公《く》卿《ぎょう》の罠《わな》〈公家武者　信平(四)〉
佐々木裕一　狙われた旗本〈公家武者　信平(五)〉
佐々木裕一　赤い刀身〈公家武者　信平(六)〉
佐藤究《きわむ》　QJKJQ

2019年12月15日現在